JN093107

SNS全盛時代のストラグラー

mock 著

Parade Books

目次

一、序文

貴方は、ソーシャル・ネットワーク・サービス（ＳＮＳ）を有効活用できているだろうか？　私の答えはノーである。一説によると二〇二二年十一月には、日本国内でのＳＮＳ普及率は八割に達するらしい。インターネットを通じて世界中の人とつながることができる現代社会において、ＳＮＳはより身近な存在になった。私もいくつかメジャーなサービスに一応は登録しているが、時代の波に適応できず交流のあるユーザーは皆無だ。連絡を取り合うのは会社の知人か、世話になっているホームヘルパーへ用事がある時くらいしかない。

ＳＮＳというシステムが流行りだした時、それまでも巷に溢れていた有象無象の電子掲示板（ＢＢＳ）と大差ないなあと思った。仕組み自体はちょっとＣＧＩが分かり、充分な資金と設備があれば誰でも作れる代物だろうとやっかみ、関心を持てずにいた。ソフト面でも当然、相応の革新的進歩はあるのだろう。しかし結局はサーバーや通信環境にどれだけ投資できるか、つまり金のあるところにさらに金と人が集まるという、資本主義経済の縮図のようなシステムだと思ったものだ。

そうやって斜に構えた見方をしていたから、いざアカウントを作ってみても白々しい気持ちになるばかりで、なかなか積極的に使う気になれなかった。

　インターネットがごく当たり前の社会基盤となるに従って、根暗で陰キャの居場所はどんどんなくなっているように思う。投稿した発言は全世界に発信されるとはいえ、注目されるのは目立つ要素を備えた一握りの人間だけ。それは声のでかい人、容姿が優れている人、何よりもコミュ力の高い人などだ。多くのユーザーの中からコミュ力の優劣により自然淘汰され、陰キャはますます存在感を示せずに埋没していく。

　私のような自己否定の塊みたいな人間からすると、ＳＮＳには何の魅力も感じられない。自分の発言を読んでもらえる、反応してもらえると淡い期待を抱いてもムダだと悟った。投稿しても反応がないことを目の当たりにするのは辛い。どうせ期待できないのなら、最初からひっそり目立たない場所で、書きたいことを書く方が気楽というものだ。

　そうして辿り着いたサービスが、この話を掲載しようと思っていたレンタルサーバー、Neocities。無料で使わせてもらえるし、煩わしいバナー広告も差し込まれない。さらに、ファイル一式を同期できる仕組みが用意されていて、アップロード作業はコマンド一発だ。ＨＴＭＬの生成には、Hugo（ヒューゴ）を使うことにした。業務上使い始めた矢先で、気楽に試用する機会も得られて一石二鳥だ。マークダウン形式で書いていけるし、ソースコードはバージョン管理サービスのGitHub（ギットハブ）に丸ごと保管できる。

最初に作ったＷｅｂサイトは、二十年くらい前のことだ。当時よく使われていた、テキスト処理を得意とするスクリプト言語、Perl（パール）製の掲示板を置いてみたり日記を書いてみたり、そこそこ頑張ったものだった。

勉強がてらアルゴリズムの入門書を参考に、自作のサンプルプログラムと画像で解説ページを掲載したりもして。まだ仕様が過渡期にあったスクリプト言語のJavaScript（ジャバスクリプト）で、実際に動かして試せるサンプルコードを書いた。数式を見栄え良く載せるため、画像の作成にはテキストベースの組版処理システム、Latex（ラテフ）も利用した。そこそこ、本格的な学習コンテンツになっていたと思う。しかしその内更新もしなくなり、ホストしていたプロバイダーを解約すると同時に閉鎖してしまった。

それからはもう、個人サイトを作ろうとは思わなくなっていた。ところが二〇二二年六月、「ＡＩのべりすと」という小説ＡＩを知った。膨大な日本語の文章で学習されていて、日本語を何行分かＡＩに入力すると、自然な形で続きを数行出力してくれる。これを繰り返せば、あっという間に長い文章が作れてしまう。ごく簡単な使い方は、こんなところだ。ちょっと試してみると面白いように辻褄の合う文章が出てきた。「これは面白い、自分にも何か書けるかも」と思わせてくれたのだった。

宣伝も兼ねているのだろう。丁度「ＡＩのべりすと文学賞」というイベントが開催されていて、応募作品の募集が行われていた。短編でも受付していたので、勢いに身を任せてこの賞へ応募するために小説を作った。結果はまあ、当然ながら受賞はならなかったものの、派生作品を二つ書くことができた。

以前からよく閲覧していた、自作漫画と自作小説のコミュニティサイト「新都社（にいとしゃ）」（ニートをもじっている）にいつかは作品を投稿してみたいと、漠然と考えていた。かといって漫画を描く知識や絵心もまったくないから、小説を。だからといって今まで書くことをしてきた経験もなかったのだが……。そんな素人でも受け入れてくれるところが新都社の懐の深さだと思っている。そして二つは新都社で公開して、一つは自作サイトと連携する形で公開した。それでもどこか物足りなかった。本当に書きたいことは何なのか。

自分の性分として、発想力が豊かな方ではないと感じている。飛躍し過ぎた話は、薄っぺらく説得力を欠いたものになってしまう公算が大きい。実体験を元に綴る以外、選択肢はなさそうだ。そしてモチベーションを維持するために、思い切って次に書く作品は自費出版してみようと思い立った。本にしたって星の数ほど世の中には売り出されている中、目立つことなく埋もれていくに決まっている。突拍子もない無謀な試みかと思ったりもするし、注目されたい承認欲求と生来の卑屈な性格がせめぎ合っている。ただ、閉塞感が漂い変化の乏しい日常に、刺激を与えてくれる何かが欲しかった。今これを手にしている方はどんな人だろう？　そんな想像をするだけで期待と不安が膨らんでいく。ふと考えてみる。Ｗｅｂサイトで公開した時、「この小説をクリックしてくれた方はどんな人だろう？」とはあまり思わなかった。

この差は一体どう考えるべきか。書き手と読み手、両者にとってクリック一つの手軽さは、メリットではあるが何の障害もない分、感情の起伏も薄れる気がする。苦労を厭わず達成することに意義を見出すのは、古ぼけた昭和の思考か？　はたまた、自腹を切って出版という行為をし、対価を払って見てもらっている、という金銭的変化を伴うことで生じる緊張感によるものか？　だとしたらこんなところでも、無意識の内に資本主義経済の論理が刷り込まれていることに、愕然とせずにはいられない。

昔から今に至るまで、相変わらず他者とのコミュニケーションは、ストレスと緊張を強いられる場面が圧倒的に多い。そのくせ承認欲求だけは、人並み以上にあるのだから始末が悪い。そんな自分に辟易している。いま私には恋人はおろか、友人といえる関係さえ持ち合わせていない。もしかしたら普段接している知人の中には、友人に近しい感情を抱いてくれている人もいるかもしれない。仮にそうであっても、私の中で蓄積されてしまった過度の防衛本能と猜疑心が、無意識に壁を築き上げて距離を置いてしまう。自分自身の事となると何でもまず疑って掛からないと気が済まず、息をするように最悪の展開を想定しては、不安感を拭えないのだ。

ＳＮＳ全盛の時代に、まるで置いていかれているような気分になりながら、余暇時間を独りで過ごす。動画配信を見てはしょうもないコメントを匿名同士送り合ったり、新都社作品を見てはコメントしたり、無料ゲームを見つけてきたりしては無為に時間を潰すだけ。

専門学校を卒業後には、自分でゲームを作ろうと思ったりもした。ゲーム制作に適したツール／ライブラリであるDirectX（ダイレクトエックス）や、汎用プログラミング言語のＣ＋＋（シープラスプラス）を独学してみても、如何せんセンスがない。自作した簡単なノベルゲームがあんまり酷い出来栄えなものだから、こりゃだめだとばっさり諦めてしまった。プログラミングそのものが好きなだけでは、面白いゲームにはならないのだ。

人付き合いが苦手だから、ヒトに「こんにちは」というよりもコンピューターにprintf("Hello World.");と命令を打ち込む方が何倍も心地良い。おまけに支配欲も満たされる。己の身体さえ思い通りに動かせない者にとって、自分の思惑通り予定調和の結果が得られることは何にもまして快感なのだ。

そんな理由から、Ｗｅｂエンジニア寄りの業務に従事している。それなりに責任感だってある方だし、業務上だったらコミュニケーションは問題なく取れるが、仕事を離れた他愛もない雑談が苦手で仕方ない。テレビも見ないし、生産的な趣味も見つからない。だから大抵は聞き役に徹する流れが出来上がる。言いたいことはロクにいうことができず、ただ時間だけが過ぎていく。本当はさびしがりだし、誰かに理解されたい。けれど繋がり方が分からない。創作を趣味だと言いたいが、実質半年足らずしかやっていないので、にわか過ぎて趣味というにはおこがましい。

一人暮らしで寝たきりの自分にとって、インターネットは水や空気と同じくらい、手放せない存在だ。調べ物からエロいことまで、思い通りに情報を引っ張ってこれる。暇つぶしにも事欠かない。しかし対人関係となるとさっぱりうまくいかず、Twitter や Facebook もまるで長続きしないし、Skype や Discord でも交流が続かない。Instagram や TikTok に至っては、ついていけそうもないのでアカウントすら作っていない。自分が発信する側になると、途端に何をいえばいいのか分からなくなる。

そしてSNS上でさえ、自分の内面や考えを素直に満足のいくかたちで伝えるのが難しい。相手に対して誠実であろうとすればするほど、私という人間を知ってもらいたくなればなるほど、自分の中にあるものをどんな順序と距離感でさらけ出せばいいのかと、焦燥感ばかりが募り思考停止に陥る。

だから、せっかく話し掛けてくれた相手にもロクな返事ができない。そんな日の夜は寝しなに瞼を閉じると、「あの時ああ言ったら良かった。こう言えば良かった」と後悔の念に襲われて眠れない時間を過ごす。毎回そうやって一人、脳内で反省会を開くものの行動に反映して改善できたことがない。気がつけば中年になり、このまま何も残せない人生で孤独に死んでいくのかと思うと、虚しさを感じるのだ。

せめてもの痕跡として、どのような要因で己の心と身体が変調をきたし、出口の見えないトンネルに迷い込んでしまったのか。その記録を残したいと思った。同情を誘いたい訳ではない。今更誰かを責め立てるつもりもない。そういう星の下に生まれたのだろうと諦めにも似た境地に至っている。いくら言葉を並べ立てようと、負け惜しみにしか聞こえないとは思う。恨み節ばかりで、自分の心の貧しさを露呈するだけだとも感じている。だから記録したいという一方で、私の身に起きたことをいちいち思い出し、根掘り葉掘り言語化する作業に意味があるのか？　やめるべきか？　と自問自答が尽きない。

ただ自分にできること、自分にしかできないことを考えてみて、生きている内に一度くらい、これまでの思考回路と経験を振り返ってみるのも悪くないと思えた。愚痴ばかりになり陰鬱な内容になるのは目に見えている。それでも現実世界に私の記憶を「見える化」したら、どこかの誰かには何かを感じてもらえるだろうか、と淡い期待を込めつつ勢いに任せ、洗いざらい書き連ねていこうと思う。都合の悪い出来事まで書き出して、思いもよらない事態が待っているかもしれないが、それを望んでいるフシもある。自殺願望の延長で破滅願望もあるからだ。このままいけば順調、安泰と思う環境に身を置くと自分からぶち壊したい衝動に駆られる。どうせ今まで散々裏目を引いて生きてきた。この期に及んで、どう転んだところで大した違いはないだろう。

そんな風に身構えても、状況はまったく変わらないのかもしれない。自意識過剰の独り相撲で終わる可能性の方が高い。一体全体、このような本をどれだけの人が手に取ってくれるというのか。それでももし、自分の書いたものが他人の心に何らかの影響を与えることができたなら……それはとても嬉しいことだ。自分の生きた証が残るように思うから。

一つ心配な点は、書いた内容の全てがＡＩの作り出した虚構のでっちあげだと決めつけられてしまいそうなこと。そう思われてしまったら残念だ。フィクションを書いて満足できるのなら、何もこんな暗く面倒な話をわざわざ作っていない。小説を書くことが得意でもない私には、自分の中にあるものしかアウトプットできそうにないと感じている。けれど理解してもらえなかったとしてもＡＩを使って書いていることに後悔はない。自己肯定感が壊滅的だから、とても自分の言葉だけで完成までは、執筆し続けられないだろう。ＡＩのアシストが得られる時代になったことを感謝している。

どこら辺までが因果応報だったのか。それは私の主観で綴っているこの文章からは、検証できそうにない。それに記憶にのみ頼って書いているので勘違いや思い違いもあるだろうし、一方的に自分を被害者気取りするつもりもない。自分が招いた結果も多分にあるだろう。怒りや悲しみの許容量には個人差があって、辛い目に遭うほど誰しも限界値が上がっていくものなのだと思う。その過程で限界値以上の負荷が掛かると、心が壊れてしまうのではないだろうか。

コロナ禍による自粛生活で、メンタルに不調をきたす人が増えているというニュースを聞くにつけ、なおのことそんな風に感じる。批判を承知であえて書いてしまうが、たかだか二、三年自粛生活を強いられた程度でうつになったり、自死を選んだりするなんて甘えだ。その程度で死にたくなるような、平和に慣れきった甘い人生を送ってきたんじゃないのか？　と、つい考えてしまう。

こんな不謹慎で非情な思考に至る奴の言葉を、これ以上目にしたくもないかもしれない。しかしできれば我慢して、少しの間付き合っていただきたい。これから書いていくことよりも、一層理不尽で過酷な境遇に身を置く人からはそれこそ逆に、「その程度で」と鼻で笑われる恐れもあるのだが。ずっと死にたいと思ってきたし、敗血症で死に掛けたり、十年以上寝たきりで引きこもっていたり、脳出血を起こしたりしても中々死ねずに正気を保って……いると思いながら生き続けてきた者もいる。

もちろん、強制的に自粛生活を強いられることと、自己責任で引きこもっているのでは精神状態に違いは出てこよう。当然、人によって状況は様々で、経済的な問題や想像もつかない辛いことがあったかもしれない。一概に批判できやしないことは、重々理解しているつもりだ。結局生き死には知覚できない何かに運命づけられて、不可避のシナリオが待っているのでは、とスピリチュアル寄りの発想も頭をよぎる。

私の場合、その時々で病むまではいかない限界ぎりぎりの辛さを経験してきたことで不幸中の幸いにも、まだ使い物になるメンタルが残っているようだ。そうやって他人に共感したり、肯定したりすることだけは得意になってしまった。

今では仕事上なら、相談される側であれば相当高いレベルの傾聴力があると思う。私自身が、自分を相談相手に選びたいくらいだ。それだから誰かに相談しようという気にさらさらならないし、たまに心の内を吐露しても満足できず、物足りなさを感じる。取り分け健常者といわれる人たちは、カラダが動く分アタマを使っていないんじゃないかと疑いたくなることが多い。障がいを持っている人の中でも、楽天的だったり遺伝性疾患ではない人とは根本的な部分で見えている風景が違い過ぎ、分かってもらえることは少ないと思っている。

仕事は見掛け上それなりにやっているし、会社生活は順調と言って差し支えない。表面的には健全さを装うことができるほどには、打算的でずる賢く立ち回れる。それが私という人間の本性だと自覚している。勤務中のまともな面だけを見て評価を下し、それを全てだと思っている人がいたならば。私が過去どれだけ痛い目を見て、薄汚れた人間なのかということをぶちまけてしまいたいとしょっちゅう自暴自棄になったりもするが、波風が立つのを恐れて心の内に封じ込め続けてきた。

そうして満たされることのない承認欲求に身を任せて、書き綴っていく。重苦しい話ばかりで、気分の良い内容ではない。お化け屋敷や心霊スポットに出向いて、異質な物を観察するような心持ちで読んでいただければと思う。その上で、このような本を手に取っていただいた貴方自身の気づきや、何かの切っ掛けになることができたら幸いだ。

二、幼児期

先天性骨形成不全症、それが私に下された診断だった。発生頻度は約二から三万人に一人だという。この病気の大きな特徴は、骨の発育不良で骨折しやすいことだ。症状は個人差が大きい。ほぼ健常者と変わらず過ごせる人から、最も重度になると生後間もなく死亡する例もある。いっそのこと物心つく前に寿命が来ていれば。そんな無分別な事を折に触れ考えてしまうが、そうなってしまう理由は「これだ」とひとことで書くのは難しい。色々なことが複合的に積み上がった結果だからだ。それはおいおい書くことにしよう。

私の病状は、どちらかと言えば重い方だ。生まれた時から骨格に異常が認められた。骨折後、骨が繋がらず離れたままの状態で治癒することを「偽関節」と呼ぶ。右腕には偽関節があった。本来の肘の上にもう一つ、自分の意志で曲げ伸ばしのできない関節もどきがある感じだ。手術を受けるまで、分断された箇所からグラグラと不安定な状態で過ごした。手首にしてみても小指側に引っ張られるように屈曲して、親指が自由に曲げ伸ばしできない。

両足も異常があり、地に足をつけて体重を掛けられるような形ではなかった。幼児用の歩行器を使って、多少蹴って移動できるかという程度。唯一利き手の左腕だけは、健常者と変わらない骨格だった。普段は左側を下に側臥位の姿勢で肩と二の腕、肘までを使って身体を引きずるような方法で移動していた。

小さい頃から手足の骨折は日常茶飯事で、痛みが出ては病院の厄介になった。針金を梯子状に組み、表面を綿と包帯で覆った病院手製のシーネ（添え木）で固定され、家へ帰される。まだ当時のギプスは石膏でできたものしかない。乾くまでに時間を要し、身体も小さ過ぎるため幼児に用いるには適さなかったのだろう。そんな状態だったから、幼稚園へは行かず小学生になるまでの間は、親元で過ごした。

身体のためにと、家族三人でよく温泉へ行った。私にきょうだいはおらず、一人っ子だ。父に支えられお湯の中で足をばたつかせたり、立ったりといった練習をする。身体が良くなるようにと念じながら、父が手足をマッサージした。母は横で見守ってくれている。その行き帰りや、どこかへ出掛けた時、母が運転する車中で父はよく民謡や演歌を歌っていた。おぼろげながら、一緒になって楽しく歌っていた思い出が残っている。

どちらかと言えば、カラオケでマイクを手放したくない性分なのは、この時の影響かもしれない。記憶を辿って、印象に残っている曲の一つを調べてみたら、嫁いびりの民謡だった。それも全然地域が違うのだが、なぜ好んで歌っていたのか謎だ。そしてそれを母はどんな気持ちで聞いていたのか……。あまり歌詞の内容は気にしていなかったのだろうか。

父は碁会所を開き、囲碁を教えていた。私にも物心つく頃から教えてくれたが、お世辞にも教え方がうまい方ではなかった。こちらが次の手に迷い悪い手を打つと、「そんなところ打つんかい？」とツッコミを入れ雲行きが怪しくなる。慌てて引っ込め良い手を打てると、「そうだ」と機嫌を良くした。うまい手かどうかの判断基準は父の態度一つだ。

他人の挙動に敏感で、顔色をうかがう私の性格は既にこの頃から形作られていったようだ。常に相手の望む正解を先回りして考え、そこから逆算して受け答えすることが、基本的な思考パターンになっていった。碁会所に出入りする客にも、あんな態度だったのだろうか？よく続けられているものだと不思議だった。

それとも我が子に期待するあまり、普段通りの指導ができなかったのか。大の負けず嫌いだし、褒められるのは嬉しかったが抑圧された指導で、モチベーションを維持できる訳がない。歳を取るに従い囲碁からは興味がなくなり、ルールさえほとんど記憶の彼方へ置いてきてしまった。物を教える上では、完全に反面教師として役立ったことは確かだ。

両親は当時から私の加療について、事あるごとに意見が合わず対立していた。父は満足な医療を受けられず、体に重い傷を負いながら生きてきた。私と同じ病気を発症しているのか聞いたことはなく、定かではない。ただ確実に、医療に対し強い不信を抱いている。そのため医者に頼らず自らできる範囲で、息子の体を健康体へ近づけるように、養育したいと考えていたようだ。それは湯治であったり、マッサージをしたりといった方法で。

　客観的に見て、そんなことで骨が折れにくくなったり、変形している身体が治ったりする道理はない。母は、医者に任せるべきだと考えていて、私もそう思っていた。父は腹を立てると口数が減り、母との口論が過熱すると一人でバイクに乗り、どこかへ出掛けていってしまうことが多かった。子供の目から見て、愛し合っている者同士とは考えられなかった。

　そんな家庭環境だったから「出来損ないが安易に幸せを求めて結婚なんてするから、こんな子供が生まれたのだ」と極めて親不孝な言葉を今でも言ってやりたい。それと同じくらい「自分が健常に生まれていたら、苦労した二人を安心させ幸せにしてあげられたのに、ごめんなさい」と申し訳なく思うのだ。その自責の念が自罰的な性向を助長し、風邪を引いたり骨折で苦痛を甘受したりしている時間の方が生の実感を伴う、歪んだパーソナリティの根源になっている。

　眼前に避けようのない辛さがあれば、束の間でも生きること自体の苦悩から目を背けられた。そうして具合が悪いながらもどこか気が紛れ、安らぎにも似た感覚を覚えてしまう。反対に身体の調子が良い時は、余計なことばかり考えてネガティブな発想が際限なく湧いて出る。あっちを立てればこっちが立たずという具合で、心身共に充実している、という時間は長続きしない。

この作品の執筆にしても、言葉を紡いでいく作業に楽しさを見出せずにいる。次々と当時の記憶と感情を反吐と共に吐き出す行為は、針のむしろに座らされているようで苦行に等しい。下手をすると、反芻した苦々しい思考の濁流に流されそうだ。辛うじてバランスを保っていた日常生活にも、悪影響を及ぼしそうになる。だからこそ生きている充実感もあるような、奇妙な感情と向き合わざるを得ない。深刻なフラッシュバックのようにはならないので、私の経験は所詮その程度ではあるのだろうか。

父の押し黙る癖を私は嫌悪し、こうなるまいと思っていた。それなのに歳を重ね気がつけば、私も同じように頭に血が上ると沈黙するようになってしまった。今にして思えば、なぜ沈黙してしまうのか理解できるような気がする。

頭の中では色々な思考が巡り、言いたいセリフが次々に浮かんでは消えていく。怒りに任せ怒鳴り散らしたら、支離滅裂なことを口走ったりしないか？　取り返しのつかないことになりはしないか？　と怖さが先に立って言葉を選び、取捨選択していけば最終的に言えることがなくなっていく。感情と意志の削げ落ちた言葉では発言力も失われ、結局は言ってもムダに思えて口を開けない。少なくとも私はそうだ。

母は暇さえあれば、庭の手入れに余念がなかった。夫婦仲や子育てのストレスを、草花の世話をすることで解消していたのだろうか。庭には一年中何か咲いていたにもかかわらず花には興味を持てなくて、何が咲いているのかさっぱり分からなかった。骨が丈夫になるからと、しょっちゅう庭に出されて日光浴をさせられた。ただ漫然と日に当たるため外へ出るのは退屈で、これも反発するようになっていった。

同じ外へ出るにしても、散歩に連れ出されるのは嫌いじゃなかった。乳母車に乗せた私を、母は近場のスーパーや池に連れて行ってくれた。スーパーでお菓子を買ってもらったり、池にはアヒルか何かがいて、泳いでいる姿を飽きることなく眺めていたりしたものだ。他にも神社のようなところや、小学校にも足を運んだ気がする。

当時はまだ不審者への警戒が緩い時代だったから、勝手に校門をくぐったところで何も言われなかった。夕暮れ時、鉄棒があった校庭で時間を潰したことを覚えている。本来ならその学校へ通うことになっていたのだろう。母はどんな心境で連れてきていたのかと想像すると、居たたまれないような申し訳ないような思いに囚われる。

近所に住む同年代の子が、家へ遊びに来てくれていた。どういう経緯で来てくれるようになったのかは分からない。親同士特に親しいようなこともなさそうだったが、障がい児に対する同情からだったのか。

仲良くしてくれた女の子が一人いて、玄関の階段に二人で座り横の花壇で泥遊びをしたことをうっすら覚えている。遊んでいる間、障がいがあることなんか意識することなく純粋に楽しかった。一番ほほえましく思い出せる記憶だ。それから小学生の間くらいまでだったと思うが、たまに男の子が三人代わりばんこに、あるいは全員集まって一緒にファミコンで遊んでくれた。

右手はほとんど使えなくても左手だけで何でも器用にこなし、自分で作ったり何かの仕掛けがあるもので遊んだりするのが好きだった。テレビマガジンや、てれびくんといった雑誌を買ってもらっては、付録のおもちゃを夢中で組み立てた。ドライビングターボという乾電池で動くおもちゃがあり、どうしてずっと道が出てきて走っていられるのだろう？　と好奇心を搔き立てられ、ドライバー（車のおもちゃだけに……なんてね）で分解して仕組みを調べたりしたものだ。ドラム状の部品が回転して道路を表現していて、延々と走れるのだというこことが自分の手で理解できると嬉しかったし、目から鱗が落ちる思いだった。分からないことは納得できるまで自分で調べたい、と思う原体験はこの辺りにあったように思う。

釣りが趣味だった父は、川から釣ってきた天然の鮎を、早朝庭で焼いて食べさせてくれた。家族三人で山に出掛けて山菜を取って、天ぷらにして食べた。他にも、くるみをすり鉢でごりごりすり潰して料理に使ったり、随分と手の込んだ良いものを食べさせてもらっていた。それに、衣類にも手間を掛けてくれていた。特にズボンや下着は着替えやすいよう展開図のように開き、等間隔にスナップボタンで留めるように、母が改良してくれた。それが愛情だと気づけたのは、今更冷静に思い返すことができてやっとのことだ。

天然物の鮎はスーパーで簡単に買えないし、たらの芽の天ぷらだって買って食べても成長し過ぎていて硬く、おいしくないことが多い。市販の服にこれだけ着やすい服はない。そういうことが理解できて、ようやく愛情を持っていてくれたのかもしれないと気がついた。しかし社会経験のない子供に、そんな愛情表現を察しろといわれても難しいのではないか。もっと直接的、精神的に分かる方法で愛情を伝えてほしかった、と考えてしまうのは身勝手だろうか。

障がい者の施設へ入所するか、しないかを決める時父は猛反対した。母は医者の言うことを聞くべきだという立場で、医師の説明では手術とリハビリ（当時は訓練と言っていた）をすれば杖を使って歩けるくらいまで良くなると言われていた。父に向かって僅か六歳の私は、大泣きしながら訴える。入所しないでこのまま歩けるようにならなくていいのか、身体が治らなくていいのか、と。

私の頑固さは、父譲りに違いない。ずっと言うことを聞いてきて、最大のわがままだったように思う。母を肯定して助けたいという感情も手伝い、絶対に良くなってやるんだと強い決意を持っていた。あまりにも頑なになった私を見て、父も折れたのではないか。果たして父が正しかったのか、認めがたい気持ちも強いが当時の自分にはもっとよく考えろと説いてやりたい。それ以前に、僅か六歳で決断が下せるような問題ではなかった。このやり取りは長い間記憶の底に埋もれていたのだが、高校卒業・退所間際の両親との会話の中で鮮明に蘇ってきた。確かに、自分の意志で予想もしていない困難に身を投じたようなものだった。

私の具合が悪くなる度、父はしかめっ面をして苛立つ様子を隠せなかった。その姿は脳裏にこびりついていて、骨折する度に親の反応を予想し、また怒らせてしまうのではないかと不安感に支配される。そして実際、予想通りの展開が待っているため、いつも自己嫌悪に陥った。入所してからは、施設へ預けることについて考えの合わない両親が険悪な空気になることも、「自分のせいだ。早く死んでしまいたい」と落ち込む原因だった。

今にして思えばあの表情と態度は、私に向けられたものではなかったのかもしれない。そういう前提で想像してみる。ひょっとしたら息子に何もしてやれない父自身のことや、入所後は施設の職員に対しての憤りからくる、怒りや悔しさが滲み出ていたのだろうか。

要するに、私への愛情の裏返しだ。人生経験が乏しい当時の自分に、それを察する想像力はなかった。単純に骨折はいけないこと、悪いこと、骨折したら悪い子という認識だけが刷り込まれていった。骨が折れて当たり前、折れてしまってもいいんだと受け入れてもらうことが、必要だったように思う。その上で、早めに休息を取り骨折の予防に気を配ることが大切だった。ただ闇雲にスポ根漫画よろしく、歯を食いしばって忍耐と努力を続ければいいというものではなかったのだ。

幼い頃から自分自身で作り上げてしまった論理に縛りあげられ、その中でしか物事を捉えられなくなっていた。何でも心の内に溜め込み、自己解決を図ろうとする強固な理性がブレーキになって、ありのままの気持ちを周囲に訴えられなかった。母に対しても、心配させたり悲しませたくない気持ちが強過ぎた。親から愛されているという実感を持てず、私の行動原理の根幹は親を安心させたい、たくさん褒められたい一心で「いい子」を演じようとしてきた習性にある。私にとってのいい子とは、わがままを言わず大人に従順で、骨折をしないことだ。

これ以降、現実の厳しさを何度も突きつけられ自己嫌悪と人間不信、自殺願望が澱のように積み重なっていくのだった。

三、小学生時代

小学校入学と同時に施設へ入所するなり、私は浮いた存在だった。それまで親とべったりな生活だった影響が色濃く言動に現れ、悪目立ちしていた。中身が伴っていないのに大人のトレースをしているかのような態度が、誰の目から見てもこまっしゃくれたガキと映ったに違いない。

病棟はいくつかあり、その中で私の入った病棟は年上ばかりで、一番上は高校三年生までの人がいる。年齢に不釣り合いなことを言う私に、みんなきつく当たることが多かった。初めての集団生活で、どうしてそんなに意地悪をされるのか？　最初の内はまったく理解できず、よく泣いていた。

早朝結構な頻度で、障がいの関係でトイレに間に合わず便失禁してしまう子がいた。悪臭とともに起床したり、気が短く乱暴な子は喧嘩の最中に何かの電源ケーブルを振り回し、天井の蛍光灯が砕け散ったり、およそ想像もつかなかった色々な出来事に驚かされた。

当時気にも留めなかったが、入所者用のトイレは男女兼用だった（別れている病棟は他にあった）。仕切りは各便器のカーテン一枚だけ。本来低年齢しかいない病棟だったのだろうか。建物の構造上改善の余地はなさそうだし、一種独特の世界があった。

職員の中には嫌味や皮肉、恫喝するような度を越した態度を取るような者もいくらか勤務していた。他の子が失禁したり、言うことを聞かなかったりすると容赦なく叱責する。その度自分が怒られている訳でもないのに、肝が冷え委縮した。そうしている内、本当に感じている不安や恐怖、苦痛、諸々のネガティブな感情は誰に相談もできず一人で抱え込むようになった。

時間が経つにつれ、なるべく目立たないように「子供っぽく」振舞わなければいけないのだと、身の処し方に注意を払うようになっていった。心の中で言いたいことがあっても、自分の意志は押し殺して周りが求めているであろう反応を返す。明確に「本音と建前」を使い分ける知恵がついていく。緊張と不安の中で「いい子」かつ「子供らしい子供」を演じねばならないと、極度の義務感に支配された。両親に泣きついたところで、入所に大反対していた父と激しくぶつかった手前、今更どうにもならないと思っていた。記憶から抜け落ちただけで、最初の内は親や優しい職員に助けを求めたこともあったかもしれない。しかし記憶を辿ってみても、助け舟が満足に得られた場面を思い出せずにいる。

自分の本当の気持ちを表に出すと、なぜか感情が溢れてきて涙が止まらなくなり、泣き虫とよくいじられた。これもまた、本音を表へ出すことに抵抗を感じる一因だ。父に逆らって入所すると大泣きした時も、泣きたくて泣いたというより勝手に涙が出ていた。今では流石に涙まで出ないものの、本心を表へ出す時は平静でいられず心がざわつく。「本音」は傷つく一方だったが「建前」は負けず嫌いな性格と理性によって、口が達者で利発、児童会の役員に率先して手を挙げる優等生を演じていた。小学校四年くらいまでの間は、頻回な骨折がありながらも身体機能は改善した。

最初の手術は七歳頃。右腕の偽関節だった部分を接合して、手首も伸ばす手術を受けた。術前、術後の記憶はほとんどない。全身麻酔も局所麻酔の手術も、何度となく経験することになる中で最初の頃の記憶は、混ざりあって塗り潰されてしまったような感覚がある。術前検査で、採血や心電図にレントゲン。手術部位は広い範囲が剃毛され、当日の朝は絶食で浣腸を施され、手術直前に筋肉注射と点滴を打たれる。この一連の流れは、毎度繰り返されるお決まりのコースだ。手術は成功し、右腕にも体重を預けられるようになった。

記憶は曖昧だが、石膏のギプスを巻いて固められたのはこの時が初めてだったかもしれない。手術の内容から考えて、包帯によるシーネ固定では心許ないはずだ。ギプスは後年、速乾性のプラスチックに代わるといった改良はあるが、ギプスカッターはいつまで経っても原始的な機械による切断だ。電動でギザギザの円盤（ブレード）を高速に振動させ、ギプスに押し当てて切る。歯医者の音を何十倍にもしたような独特な音と振動、身体まで切れてしまうのではないかという恐怖感。怖がる私に対し医師が自分の指に当てて見せ、回転している訳ではなく身体まで切れることはないと実演して見せてくれたこともある。だからといって安心はできなかった。切るというより摩擦により「削る」だけだから、ずっと押し当てると摩擦熱で熱さを感じ、その感覚が身体まで切れたのではないかと錯覚させる。何回経験しても場慣れしない。骨折の度ギプスを巻く瞬間から、このギプスカッターの恐怖にも怯えて憂鬱になったものだ。

学校の時間割の中に「訓練」の時間も組み込まれている。訓練を担当する人は、みんな「先生」と呼ばれていた。私の担当になった理学療法士、A先生（としておく）は骨形成不全症について詳しく、骨の脆さを前提として身体へ触れることに一日の長があった。腹筋や背筋、手足の上げ下げ、一通りのメニューを終えた後の余った時間はオセロやファミコンで遊ばせてくれた。

両手で体重を支えられるようになったことで、「いざり移動」ができるようになる。いざりとは、足を前に投げ出して座り、両手を床について後ろへ尻を引きずるように移動する方法である。――今では差別用語扱いらしいので、みだりに使わない方が無難のようだ。

これまでの側臥位で這う動作に比べたら、目覚ましい進歩だ。どこか誇らし気になり、嬉しかった。両手が使えるようになったので自走式車いすも、やや急な坂を登っていけるほど動かせるようになった。最盛期には、前傾姿勢にならないと後ろへ倒れるぐらい急な斜面も自力で進めるほど筋力も上がったものだ。

自分で動ける範囲が広がると、外で遊べるようにもなった。施設内の中庭のようなスペースでやっている、簡易な野球に混ざって遊ぶ。カラーボールにプラスチック製バットを使った、多くて五、六人程度の小規模な遊びだ。一人でふらふら他の病棟に行ってみたりした時は、ちょっとした冒険気分になる。しかし動けるようになったからといって、骨が脆いことに変わりはない。骨折のリスクが高い行動、例えば取っ組み合いの喧嘩といった無茶ができるはずもなく、職員から自分や他の子にも「手を出すな」と強く言われていた。腫れ物に触るように扱われ、周囲との間に暗黙の距離感が存在した。主張したいことがあっても喧嘩に「ならない」ように我慢することが常だった。特別扱いのようなその空気感も、私が悪目立ちする要因だ。

常識的に骨折といえば、骨の強度を上回る力が一気に加わってボキっと折れること、と思うだろう。私の場合そんな折れ方は稀だった。普段の生活で何も特別なことがなくても突然、僅かな違和感を覚える。例えるなら筋肉痛のような。ちょっと寝相が悪くて負担が掛かり過ぎ、朝起きて気づいたりとか。何かに夢中になり過ぎている時、姿勢が悪いままずっと同じ格好でいた後に、気がつくと異変を生じているとか。切っ掛けは些細なことばかり。悪化する場合はそれから徐々に痛みが増していき、その内耐え切れないほど痛くなってレントゲンを撮ると、ひびが入っているパターンが多い。骨の異常が認められるとギプスで固められ、一か月程度安静を強いられた。子供の内は折れやすいが回復も早かった。

私にとっての骨折は、一般人の風邪のようなものだ。初期症状を放っておくと悪化するし、一年の内に何度も起きる。骨折について、ここまで自分の言葉で誰かに説明したことはほとんどない。骨の折れる予感がするなんて話、誰が理解してくれるだろうか？　どうせ誰も信じてくれないと高を括っていた。

骨がくっつき訓練して調子が良くなると、また身体を無理に酷使し過ぎて骨折。両手、両足、肋骨、色々なところにひびが入った。過去最悪の記録は小学校低学年の頃、五日間に両手両足が折れてギプスで固定された時だ。故障した患部を庇うあまり、他の部位に負担を強いる連鎖が招いた結果である。ただ一つの救いは、軽量ですぐ固まる素材のプラスチック製ギプスが、確かこの時期くらいから使われ始めていたことだ。執筆時点から振り返ると、九年程度ギプスの世話になるほど酷い骨折はしていないが、時々腕や肋骨が痛むのは大人になった現在も変わらない。

病棟のナースステーションに隣接して、職員が休憩を取るための待機室がある。コーヒーや紅茶のいい匂いに誘われ寄っていくと、稀に「内緒だよ」とお菓子をもらえることもあった。特別扱いされた気がして優越感が芽生える。けれど、いじめられていることや骨折しそうな違和感に耐えていること、本当に相談したいことは煩悶を繰り返すだけで心の奥へ押し込め続けた。

現在でいうところの特別支援学校は、施設に隣接していて安全に通うことができた。当時は養護学校と呼ばれていた。自力で教室まで辿り着けるようになると、早めに登校して静まり返った教室に、一人きりでいることが好きだった。教師の中には、私から見て避けたくなる大人はいなかったように思う。もちろん叱られたり、説教されることはあった。しかしそれは常識的な躾の範囲内のことだ。勉強も得意だったから、学校にいる間は心が休まる。自分の感情や主張に左右されず答えが導ける、算数や理科が特に好きだった。作文や絵を描くといったことは、故意に「建前」だけで取り繕う努力をしなければならなくて苦手意識があった。

校外学習や遠足は、私だけ母が付き添いで同行した。骨が脆い私を、バスの乗り降りなど介助することに教師は責任が持てないためだ。子供の中にただ一人だけ家族が混ざって目立つことが恥ずかしい。途中までは楽しく過ごしても調子に乗って泣き出す、といったことを何回か繰り返している中で、出掛けること自体身構えるようになった。今でも出不精なのは、この時期巣食ってしまった消極性にあるのは間違いない。

上肢が良くなると、両足も順番に整復手術を受ける。膝から下腿、足首に掛けて強制的に形を整えて、太腿からつま先まで全体をギプスで固められた。術後しばらくは、足全体の痛みと圧迫感に苛まれたことを覚えている。下腿の骨（脛骨）には、髄内釘を入れて補強された。髄内釘というのは、骨髄に沿って挿入する、太い針金のような棒状の器具だ。骨の弱さを内部から補強する役割を持つ。右足は今でも埋まっているが、左足の方は時間と共に飛び出してきてしまい、後で抜くことになった。皮膚を突き破って覗く金属は異様で、痛みよりは不安と恐怖を感じた。膝周りの変形は治し切れず、膝が大きく前にせり出したような状態は当時から変わっていない。

中途半端な格好でも足に体重が掛けられるようになると、腰から足まで補装具をつけて起立訓練できるようにもなった。足の補装具は、身体が動く当初は膝関節を曲げたり伸ばしたりできるタイプで、昼間だけズボンの上から身に着けていた。

このまま順調にいけば、杖を使って歩けるようになるかもしれないところまでは漕ぎ着けたのだった。しかし、その辺りまでが身体面でのピークになってしまう。

身体の自由は増えたが心理面では誰にも頼れず、漫画の価値観が心の拠り所になった。少年漫画は修行と称して苦痛に耐え強くなるだとか、根性で窮地を乗り越えるといったよくある王道のストーリーが多い。今にして思うと漫画で語られる精神論は、骨形成不全症と向き合うのに最悪の組み合わせだった。繰り返しになるが、この症例に必要なことは早めの休息。決して無理をしないようにして、痛みがあったらすぐに訴えること、骨への負荷を最小限に留めることこそ重要だった。当時しっかり自覚して心掛けていれば、と思うと残念でならない。「良い子はマネをしないでね」とよく警告されるが、漫画で洗脳教育のように繰り返される「努力・根性・忍耐」の方向性を誤ると、危険極まりないことに気づけなかった。

骨折の兆候を早めに訴えられたら、まだ軽症で済む場合も多少あったはずだ。しかし漫画の主人公に自分を重ね、痛みが耐え切れなくなるまで元気なフリを続け、庇い切れなくなった段階でやっと露呈するパターンが多かった。骨折イコール悪と認識していたことや、早めにレントゲンを撮ったところで骨折の兆候が映らないんじゃないかと思い、仮病扱いされ責められるのが怖かったのも、我慢していた理由だった。レントゲン室の薄暗さ、独特の臭いは今でも脳裏に焼き付き離れない。骨折する度に不機嫌な顔をする父にも申し訳なく思い、骨折自体の不安や恐怖、痛みに加えて居たたまれない罪悪感にも苛まれた。親の機嫌を損ねまいとする強迫観念も、障がいの悪化を助長した。身体を酷使することで変形治癒が蓄積されて、少しずつ状態が悪くなった。変形治癒とは、骨折が治った時に元通りの形にならず、ずれたり曲がったりしたままの状態でくっついてしまうことだ。

一旦ギプスを巻かれると、自力での着替えは難しい。更衣に介助を要すると、雑に扱われることもあって余計にどこか痛みが出ることも増えるという、悪循環にはまり込んでしまう。みんながみんなA先生のように、安全な介助方法を実践してはくれなかった。ほとんどの子は骨に障がいを持っていないから、服を脱ぐ時や着せる時、上肢を起こす時にも身体の丈夫な子と同じ要領で乱暴に扱う職員がいた。一か月分の勤務表を見て一喜一憂して、その日その日の勤務状況に気を配るようになる。避けたい職員に介助されないように、夜勤や日勤の交代するタイミングを見計らって行動するようになった。

身動きが取れなくなってくると、足の補装具は二十四時間外せなくなった。以前と異なり膝を伸ばしたままの形で、全体を覆う革製のものに変わった。ズボンの上からではなく、足の長さに合わせて切った、さらしを巻いて身に着ける。汗っかきなため蒸れてしまい、酷いかゆみとかびに悩まされた。太腿の後ろから足の裏まで荒れて、水虫の薬を塗るようになった。そんなもの、取り換えればいいと思うだろう。しかし一度作ってしまうと、数年間は作り直せないのだ（と、思っていただけかもしれない）。

まだ低学年くらいの頃、心に深く刻まれ拭い難いものとして、担当ではない理学療法士から突きつけられた事実がある。それは「骨形成不全症は一生完治することのない病気」であるということ。頑張り次第で自分の障がいがきれいさっぱり治り、健常者のように歩けるようになると幼心に信じていた。だからこそ率先して、父の反対に逆らってまで障がい者施設へ入ることを希望したのに。身体を絶対治してやるんだという意気込みに冷や水を浴びせられた反動は強烈で、目の前が真っ暗になりそのショックは計り知れない。

そんな話になったのは、「将来の夢」のような類の作文を書いたことが切っ掛けだった。何歳の時か忘れているが、病名をひらがなで書いたことだけは覚えている。「病気を治して、歩けるようになる」ということを表現した。その作文に対し、茶化すような酷い物言いでからかわれたのだ。そんな馬鹿なことがあるのかと思うかもしれないが、昭和の末期にコンプライアンスという単語は聞き慣れず、片田舎の障がい者施設に人権意識は望むべくもない概念だった。唐突にこうなった訳ではなく、その時はまだ「謙虚さ」を装う意識が育っておらず、私が鼻持ちならない生意気な言動をしていたが故の、売り言葉に買い言葉だった可能性も否定できない。

医者は杖で歩けるようになると言っていただけで、病気が治るとは言っていないはずだ。従って病気を治すというのは私の単なる思い込みではあった。事実だとしても、もう少し寄り添って病気の受容と共生の意識を育ててくれる大人がいれば、まだ救われたように思うのだが。

それ以来心の奥、根深いところで自らを責め続ける人生が始まった。私が何をしたというのだ。どうしてこのような目に遭わなければならないのか。自分が悪い訳ではないと考え直そうとしても、出来損ないに生まれたという固定観念がもたらす劣等感と、自分のせいで両親の仲に軋轢を生んだという後ろめたさが重く伸し掛かる。家族の不幸は自分のせいだと責めた。その反面どうしてこんな身体に生んだのか、と的外れなことも自覚しながら親を恨まずにはいられなかった。

自己肯定感を一切持てなくなってしまい、一生骨折に悩まされ続ける人生なのかと思うと、賽の河原で小石を積むような絶望感に襲われた。中途半端に大人びた理性も災いし、誰にも打ち明けられずに一人で抱え込み、心の底から何もかも、どうでもよくなった。自己否定と自己嫌悪を繰り返し、自分の中の殻は固くなる一方だった。何をするにしても表面上はそつなくこなしていたが、心の中は冷め切っていた。加齢に伴い折れにくくなると聞いても、一体どのくらいマシになるのか見当も付かない。症状に個人差の激しい病気だから、本当に折れにくくなるのかも半信半疑で、何の慰めにもならなかった。

某国民的アニメのキャラクターと同じ名前だったせいで、事あるごとにいじられるのも嫌でたまらなかった。情けない話だが、今になっても下の名前で呼ばれるのは抵抗がある。祖母が名づけてくれたようだが、感謝できる心境に至れていない。名前に関係して失敗したのは、図画工作の授業で母の似顔絵を描いた時だ。髪型がアニメのキャラクターそっくりになってしまって、顔から火が出ているんじゃないかと思うほど赤っ恥をかいた。ふざけて描いたのならともかく、一生懸命細部に集中するあまり全体が見えていなかった。完成した段階になるまで全然気づかず、その間抜けっぷりに腹が立った。

こんなことは滑稽な失敗談として、笑い飛ばせば済むような話だ。しかし当時、ネガティブな思考に凝り固まった私の心理状態に、そんな余裕は微塵も残っていなかった。

週に一度、キリスト教を教えに来ていたおじさんがいた。聖書に関係する歌を歌ったり紙芝居を見せたり、聖書の言葉が書かれた名刺くらいのサイズで縦向きのカードを配っていた。現実的な労苦が圧倒的過ぎて、信仰心の欠片も芽生えなかった。

施設の決まりで、土日は自宅へ帰ることになっていた。土曜の授業がお昼前に終わると、迎えに来た母と帰省する。当時は、土曜まで授業があったのだ。帰り掛けには、よくジャスコやニチイに連れて行ってもらった。

おもちゃ売り場で遊んだ後、店舗内の外食チェーンでお昼を食べる。誕生日やクリスマスには、プレゼントとしてゲームソフトを買ってもらえた。注文した料理が届くまでの間に説明書を引っ張り出し、早く遊びたくてワクワクする。この時ばかりは心から無邪気に、歳相応の子供でいられた。

ゲームコーナーでは、まだ体幹がしっかりして元気な内は備えつけの丸い座席に座らせてもらい、高い位置の筐体で遊ぶこともできた。魔界村が難し過ぎて、一面すらクリアできなかった。R-TYPEが好きで、これも全然進めないのだが懲りずに何度も遊んだ。ごく稀に、お店のおじさんがクレジットをおまけしてくれて嬉しかった。ただ一度、おじさんに頭を掴まれて強制的に振り向かされた時は、不安定な姿勢と突然の出来事にヒヤっと恐怖心を持った。何気なく、目線を合わせようとしたのだろう。単なるスキンシップでも、私には乱暴な行為にしか映らない。この頃はまだ、車いすなんかを見掛けると目立っていたように思う。母はよく遊ばせてくれていて、頭の下がる思いだ。幼いながら施設暮らしの息子を、甘やかせてやりたかったのだろうか。

最初に買ってもらったファミコンのソフトは「ドラゴンボール大魔王復活」だ。アドベンチャーパートが難しくて、クリアできなかった。余談だが、スーパーファミコン購入時も「超攻合神サーディオン」という、酷評が大勢を占めている問題作を掴んでしまい未クリア。初代のプレイステーションを買った時も、タイトルすら思い出せない3Dのロボットアクション物を買ったが、操作が複雑過ぎてすぐに飽きてしまった。新しく買うゲーム機の一本目のソフトは、クリアできないものばかりで肩透かしを食らう。世の中ではRPGと言えば、ドラゴンクエストとファイナルファンタジーが圧倒的に有名だった。そんな中、最初にクリアできたRPGは「SDガンダム外伝ナイトガンダム物語2光の騎士」だ。これで初めてRPGの面白さを知った。

コロコロコミックより、コミックボンボン派だった。ファーストガンダムをほとんど知らないのに、武者頑駄無やナイトガンダムが好きだった。何かを組み立てるのは相変わらず好きで、「SDガンダム」以外にも「メカ生体ゾイド」や「魔神英雄伝ワタル」のプラモデルを買ってもらっては作っていた。重い雑誌や本体に重量のあるゲームボーイは、腕に負担が掛かる。夢中になってしまうと腕の疲労に気づかず、調子の悪くなることもたまにあった。子供心に娯楽を優先して、「自分なんてどうでもいい」という投げ遣りな気持ちが、体調に気をつけ休憩することを疎かにした。

土曜の夜寝る前にテレビを見ながら、母に足の清拭をしてもらうのがお決まりのルーティーンになっていった。あまりにもかゆく、あえて高温にした濡れタオルを押し当ててもらったり、庭で育ったドクダミを塗りつけたりもする。根本的な原因が解消する訳ではなく、対症療法に過ぎない。悪くなる一方の身体を見ながら、毎週足のケアをしてやる母の心境はどんなものだったのだろうか。

小学校三年くらいの頃だったか、アマチュア無線技士の免許を取ったことがある。どういう訳か施設内で講習と試験が行われ、みんなが受けるというので何も考えず一緒になって受けることにした。難しかったかどうかも覚えていない。とにかく合格したので高価な無線機を買ってもらっても、一人で機械へ喋り掛けることに慣れなくて、ほとんど使うことはなかった。電話をする機会も滅多にない生活では、ハードルが高過ぎたのだ。実にもったいないことをしたと思う。

当時の入所者で同じ病気の人は、私を含め三、四人だ。その中でも二つ年上のAくん（としておこう）にいじめられ、さながらジャイアンとのび太のような関係だった。全病棟の中で小一から小四までの子供は、週に一回集まって合唱する時間があった。私に対し「歌うな」とでも言いたげに、幾度となく睨みを利かされる。歌うのは好きだったから、非常に窮屈で辛い思いをしていた。それ以外でも細々としたことで、何かにつけて心に負担を強いられる。一方的な理不尽さに、ただじっと耐えることしかできなかった。

学年が上がるに従い関係性はジャイアンとスネ夫くらいになって、内心恐れていたものの、危害を加えられることはなくなる。それどころか食事の席が一緒になってもふざけ合うくらい、表面上は良好な関係に変わった。彼は私と比べ症状は軽く、障がい者スポーツもできるほどだった。骨折してばかりで、身体が悪くなる一方の自分とは雲泥の差だ。いじめられた悔しさと病気の差。心の中では、屈辱と妬みの黒い感情を持て余し続けていた。

新しく同じ病気の子が入ってくると、私もいじめる側に回ってしまう。自分がやられていたようなことを、弱い立場の子にぶつけてしまった。もちろん、その子が悪い訳ではない。だが、この時の私にとってはそうするしかなかった。善悪の区別はついていて当然悪いことをしている自覚を持っていた。それでも自分が被った理不尽さを、誰かに背負わせなければ気が済まず、申し訳ないことをした。

ある時期、骨を強くするための筋肉注射を定期的に打つことになった。対象者は四人程度。この病気の子全員である。投薬された中で、私だけは吐き気を催す体質だったようだ。気分が悪くなっても自分以外平気な様子では、単に注射が嫌なだけの言い訳にしか聞こえないと思われそうで言い出せなかった。必死に耐えて、それでもやり過ごせない時は吐いた。我慢できたこともあったが何度吐いても、注射に原因がある可能性を誰一人指摘してはくれない。我慢して苦しみを乗り越えたら強くなれる……典型的な少年漫画の論理を持ち込んで心の支えにしてしまっていた。

間の悪いことに母から「骨が強くなるから」と肝油ドロップを持たされて、たまに食べていた。勝手に何かを持ち込み、口にするのは禁止されていたのに。気が進まなかったが仕方なく、車いすの座っている部分にこっそり隠し持っていた。自分で取り出しやすく、その上安全に隠し通せる場所は他に考えられない状況。

注射する日と校外へ行く授業の日が重なり、予定が決まった時から憂鬱で嫌な予感がしていた。授業を休みたいぐらいだがそうもいかない。注射の後、車に揺られたものだから耐えられるはずがなかった。現地までは必死に持ち堪え、到着後もしばらくは吐き気と格闘していたが限界は訪れ、案の定リバース。身に着けているものと車いすが全部汚れ、持ったままの肝油を隠す暇もない。施設に戻ってから、後始末の過程で咄嗟に握り込んでみるが無駄な抵抗だった。この時の送迎は、車いすに乗ったまま乗降できるバスで母は同行していない。

職員からは変なものを食べたせいで吐いたと疑われ、こっぴどく責められた。正直に注射のせいだと言ったところで、どうせ信じてもらえないと思ったし、母が注意を受けるのは嫌だったからずっと黙っていた。どうしてこんなに間が悪いのかと、自分の不運が恨めしかった。まさかとは思うが、注射と肝油の相性が悪かった、なんて可能性もあったのだろうか。調べると投薬されていた注射の副作用に嘔吐とあるから、肝油は無関係だとは思うのだが。

辛く受け止めざるを得ない体験を重ねる内に、肥大した自己否定と自己嫌悪は自殺願望と諦観を一層強くする。それはまた、行動にも影響したようだ。そんなことは一般的にあり得ることなのか分からないが、トイレに行くのを極端に我慢するようになった。時系列を忘れたが小二くらいから、もうこの傾向があったように思う。まず身体を動かして骨折のリスクが高まるのを恐れ、トイレへ行くこと自体も億劫になってしまった。加えて「トイレに行きたい」という人間の避けようのない生理的欲求を蔑ろにすることで、自分の存在を人間未満の矮小なものに貶めようとした。

とどのつまり自傷行為だったのだろう。体調を悪くしてそのまま死んでしまえばいい、とさえ考えていた。自分で自分を罰することで、精神のバランスを保とうとしているかのように。腸は第二の脳、と表現されることもある。振り返って俯瞰して考えてみると、偏って強固な理性により本音を秘匿するようになった思考の影響で、無意識に排泄物をも排出することを拒否して、体の内に溜め込む行動へと結びついていたのだろうか。なんて理屈を組み立ててみたりもする。

便意の無視は、重度の便秘を招いた。排便反射はほぼ感じられなくなり、下剤や漢方を飲んでやっと捻り出すことが習慣化してしまう。便は石のように固くなり、いきみ過ぎて脱肛するようにもなってしまった。初めて脱肛した時は、何が起きたのか分からなかった。

出そう出そうとトイレで必死にふんばっていたら、尻の穴から出掛かっている塊がいくら肛門を締めようとしても切れてくれない。あれ？　あれ？　と段々怖くなってきて、どうにもならず助けを呼ぶと、直腸が出てきてしまっていた。ひーひー言いながら深呼吸して、大騒ぎで押し込んでもらった。情けないやら、怖いやら、恥ずかしいやら。そう頻回だった訳ではないが何回か経験すると、出そうになっているのが便なのか、そうじゃないのか多少当たりをつけられるようになる。いきみながら腹が少しキリキリ痛くなっても、そのままいきむと脱肛してしまうようだ。その感覚が身につくと、いきみ過ぎることは減った。

ただでさえ便秘で腹が張っているのに、肋骨の変形を抑えるため腹帯を強く巻いて過ごした時期もある。腹部をきつく締めあげ、日常的に息苦しさに耐えていた。

食欲不振もこの頃からだ。拒食症とまではいかないが、どうせ死んだって構うものかと食事に対して執着がなくなった。心底生きることに消極的なせいか、一日中空腹を感じない。しかし食べ残すことが多くなっても、揚げ物だとかハンバーグのような好物は食べるのだから現金なものだ。地球上には飢餓に苦しむ環境で生きている人が大勢いる。ただのわがままだと責められても仕方ない。偏食は少なからず骨の健康に悪影響を与えていただろう。

便秘が酷過ぎるため、このまま放置しておけなくなり、大学病院へ行くことになった。診察室で医師から「脱肛は？」と聞かれた母は、私が小学校に入った時期を答えた。一瞬の間と違和感。「学校は？」と聞き違えていたのだ。母も恥ずかしかったろうが、私も自分のことのように恥ずかしい。しっかりしているようで、たまに母はこういうおっちょこちょいなところもあった。

診察の結果、巨大結腸という見立てで一時的に入院する。腸洗浄を受けたが、そもそもの原因は心にあったはずなので、大して意味のない入院だった。治療では尻を丸出しにしてチューブを入れられ、生ぬるい生理食塩水か何かを入れられた。何ともいえない気持ちの悪さを覚えている。退院後も便秘は続き、便とガスで腹部はぱんぱんに膨れた状態が常態化していく。これは、ごく最近生活習慣を大幅に見直すまで改善はしなかった。

一方で、尿意を無視し続けることで夜尿が増えた。起きている間中無理やり我慢し続け、限界をとうに超えたような段階でやっと用を足していたのだから、眠っている間に勝手に出るのも当然だった。昼間も耐え切れない分が、少しずつ漏れ衣類をしょっちゅう汚していた。

夜尿は針治療で治そうとされたが、効き目はなかった。うつ伏せになり細い針を腰に差し、電気刺激を加える。今考えると、まったくもってムダなことをしていたとしか思えない。今なら確実に私に必要なケアは、メンタル面だったのだと振り返れる。施設には臨床心理士が一人常勤していたが、私にとって何の役にも立っていなかった。毎朝、その日に学校を休んでいる子を確認するため、各病棟を回っている。骨折する度に学校を休んでいた私は、この巡回に繰り返し付き合わねばならない煩わしさと反発心から、ベッドの上で幾度となく寝たふりをしてやり過ごしていた。学校を休むこと自体も、罪悪感が付き纏い心に暗い影を落とす。

何年も尿意を我慢する生活を続けている内に、濁って赤かったり緑っぽいような汚い尿が出るようになった。痛みや熱が出たか忘れてしまったが、毒々しい色をしていて気味が悪かった。今考えると膀胱炎はとうに通り過ぎ、尿管や腎臓にダメージが蓄積して、血尿に尿路感染が重なっていたように思う。緑膿菌に冒されていると、緑色になるらしい。

施設では原因が分からず、再度大学病院に検査入院。水腎症と診断され点滴をたくさん打たれ、尿の出が悪いことから自己導尿をするようになった。膀胱に溜まった尿が、腎臓へと簡単に逆流しやすい状態になってしまっていた。入院病棟の食堂から見た花火大会だけは、きれいな思い出として記憶に残っている。一度退院したものの、翌日にカテーテルが詰まりどうにもならず、また病院へ行くことに。

自己導尿はうまくいかなかったので、留置カテーテルでの生活に変わる。尿道に常にカテーテルが入っている生活を強いられた。尿漏れと夜尿から解放された反面、大事な部分の痛みや不快感と月に一度のカテーテル交換、他にも煩わしさを常に抱えることになった。

カテーテルが詰まらないように排尿を促すため、授業の休み時間の度にコップ一杯分の水を飲むようになる。毎回無理やり飲む水は、腹にも溜まるし大変だった。飲用水の確保さえ、深刻な問題を抱える国の人が聞いたら非難を浴びるような話だ。

この時点でようやく尿路結石が見つかり、結石破砕装置がある病院を紹介された。ずっとカルシウムの吸収を促進する飲み薬を処方されていた上に、尿を無理に溜める生活を続けていたのだ。当時は知る由もなかったが、薬の副作用の一つに腎結石とある。因果関係は証明できないが、状況的にはなるべくしてなったようなものだった。結石を砕くための入院は中学生になってから。その話は次章で書き記そう。

煩わしさの一つは、膀胱洗浄を受けなければいけなくなったことだ。略して、膀洗とよく言っていた。毎日夕食後、生理食塩水をガラス製のシリンジで膀胱へ注入して洗浄する。食後の歯磨きが済むとナースステーションへ行くが、他の用事があると後回しにされて待たされた。毎日見ていたら、素人にだって真似できそうな処置だ。自分でさっさとやって終わらせてしまいたいと何度も思った。

病棟にゲーム機があって、遊びたい子たちが曜日を決めて、順番に使っていた。遊べる時間帯も決まっている。それだから順番の日には、膀洗を早く済ませてほしくて、逸る気持ちを抑えるのに苦労した。たかがその程度の理由でも、数少ない楽しみの一つでその時の自分にとっては、優先度の高い生活の一部だった。

ナースステーションのすぐ隣にある病室には、寝たきりで意志表示も困難な子が、酸素テントを据えたベッドで静養していた。その子が咳き込み、ゴロゴロと痰の絡む音と微かに呻き声が聞こえると、吸引をするために席を立たれて膀洗は中断されてしまう。

基本的に私の入った施設は、四肢を治療して自立できるようになるための子供が入るところだ。どうしてあんな、自立に向けて治療できないような寝たきりの子がいるのか理解できなかった。苦しいだけに見えて、生きている意味があるのか？　医療費を稼ぐためなのだろうか？　とそんな風にイライラする。自分の利己的な薄情さも恐ろしく感じたし、大人の世界の何やら裏事情のようなものも、なんとなく想像していた。

小学五年から六年生の頃、クラスメイトの女の子が「パタリロ！」をたくさん持っていてよく借りて読んでいた。その子は大人しくて頭が良かったから、話がしやすかった。今でも連載されている長寿の漫画なので、知っている人は多いだろうか。少女漫画だから最初は読む時、後ろめたいような落ち着かない気持ちになっていたが、面白さが上回り毎日のように見せてもらった。基本ギャグ漫画だったが、色々なジャンルのエピソードがあって感性を刺激された。

未だに性に関心がない上に、ＢＬの概念さえ知らず読んでいたので、時折出てくる男同士で絡むシーンに理解が及ばず頭の中は疑問符だらけに。感想を言ったり聞いたりしたとかは、あまり記憶にない。感想文は嫌いだったから、丁度良い距離感だったような気がする。これが初恋だったのかと問われると微妙なところだ。それでも当時気を許せる相手だったことは確かだ。

学校の図書室に、江戸川乱歩の「少年探偵団」シリーズが結構な数置いてあって、片っ端から読み漁った。蔵書は巻末に貸出管理のカードが挟んであり、借りる時名前を記入する。内容が面白かったのも当然ながら、シリーズ全巻制覇したい欲求が強かった。自分の名前を書いた管理カードが増えていくことに満足感を覚え、寝る間も惜しんで読んだ。消灯時間で暗くなっても、ナースステーションから漏れてくる照明を頼りに、夜中まで読んでいた。蔵書を読み尽くすまで数か月くらいか、目に悪い生活を続けてしまった。次々に読んでいくものだから、粗方読み終える頃には記憶の中で、内容と題名がごちゃ混ぜになってしまい、あまり褒められた読み方ではなかった。

小学六年の時、修学旅行は東京ディズニーランドに行くはずだった。泊まり掛けの旅行だ。数週間前から説明を受けたり、レクリエーションのための準備に取り組んだりした。今回も母が同行することになっている。周りの楽しそうな様子を尻目に、憂鬱な気分で準備をしていた。

出発の日の数日前、もしくは前日。とにかく土壇場に、用意していた予定が急遽変更を余儀なくされた。代案を考えて、対応しなければならない。元から嫌々進めていたこともあって、急に改めて考え直さなければいけないことに腹が立ちパニック状態になる。完璧主義的な性格も災いしていたのだろう。明らかに異常な反応で、どうかしていた。自分よりも旅行を楽しみにしている母にも苛立った。「修学旅行に行く」という私に課せられた既定路線のレールに従うことが、無性に悔しく心の中で何かが限界に近づく。入所以来抑圧され続け、必死で律してきた理性が音を立てて瓦解するようだ。

当日の朝、ベッドに潜ったまま外界の一切を拒絶した。後先考えず泣きじゃくって「行かない」と喚く。出発時間ぎりぎりまで説得されても、誰が何を言おうと考えは変わらない。

そのまま居残ることになって、わざわざ来ていた母も帰っていく。後ろめたさや人と同じ行動が取れない劣等感に混じり、思い通りに物事の流れを自分の意志で捻じ曲げてやったという満足感を得ていた。

客観的に見れば突然感情的になり、道理に合わぬわがままを貫いただけの話だ。理解しようもない言動に、周りの反応は冷ややかなものである。誰にも理解は求められず、誰からも共感は得られない。諦観の念を抱きながら、時間が解決してくれるのを待った。土産をもらっても素直に喜べず、自分の存在はないものとして放っておいてほしいと思うばかりだ。

この時の、望まれた行動ができなかったことによる引け目は、何かにつけて尾を引いた。意識に上ってこない、無意識から発する感情が行動を左右する。感情的になっては自分でも何をしでかすか分からない不安を打ち消すように、一段と強く理性的でいなければならないと、ますます意固地になった。たまに思い出しては自己嫌悪に陥り、障がいに起因するものとは別種の自己否定へと自分を追い込む。年を追うごとに、身体も精神も悪い方向へと傾いていくのだった。

四、中学生時代

中学一年の夏休みは、尿路結石を取り除くために別の病院で過ごさなければならなかった。一般病院の泌尿器科で、本来付き添いは不要だ。しかし骨が折れやすいという障がいに配慮してくれたのか、母が泊まり込みで付き添うことに。尿をたくさん出すために点滴をしょっちゅう打たれ、体外衝撃波結石破砕治療（ＥＳＷＬ）を何回も受けた。

当時の機械は、お湯の中に浸かり背中側から衝撃波を当てて結石を砕く方式だった。人ひとり分入れる水槽の中に、分娩台のような座る場所がある。そこへ仰向けに固定されるのだが、身体が小さいから不安定感が半端ない。

衝撃波は腰の辺りを一秒間に一回くらいの間隔で、ばちん、ばちんと叩かれているように感じる。号砲をもっと大きくしたような音が、部屋全体に鳴り響く。時折痛いと感じることもあって、ビクっと身体が反応してしまう。そんな調子で点滴されながら、耐えること数十分。終わった後はぐったりするほど疲弊した。元々骨が脆いのに、こんな治療を受けて背骨や骨盤が砕けやしないかと冷や冷やしていた。出力を加減していたせいだろうか。なかなか砕けなくて一週間程度の間隔を置きながら、何度も受けることになった。

足の補装具は身に着けたまま治療するしかなく、水浸しになった革製の素材は縮んでしまい、圧迫感が増えた。骨への負担と、かびが以前よりも酷くなり、一層かゆみと足を締めつけられる痛みが強くなる。プラスチック製の補装具に新調するまで、改善はしなかった。ただ、新調しても比較的軽減したというだけで、肌のトラブルはずっと続いた。

点滴の針を繰り返し刺していたためか、血管が見えにくく硬くなってしまい、手の甲やつま先のような普通は刺さない場所の血管まで使われる。点滴は何度もしなければいけないし、破砕術を繰り返し受けても一向に退院の目途は立たず、不安と焦りから消灯後「もうやだ」とべそを掻き母を困らせることもあった。しかしいつ終わるともしれない入院生活であっても、気が紛れることは少なからずあるものだ。

入院患者で、歳が近い人はほとんどいなかった。周りは結石か腎臓の治療をするおじさん、おじいさんばっかりだ。そんな中、若い人がいてゲームを貸してくれることがあった。ゲームボーイのゼルダの伝説を借りて、エンディングまで遊ばせてもらった。難易度が丁度良くて、流石は任天堂クオリティ。夏休みの宿題そっちのけで熱中した。

母が読んでいた大人の週刊誌を暇つぶしに見てみる。エッチな体験談が載っていて、いけない気持ちになりながらこっそり読んだ。しかし精通もしていない上、尿道には常に留置カテーテルが入っている状態だったから、興味はあっても単純に好奇心が満たされるだけ。「ク◯ニして〜」という表現が一向に理解できず、方言だろうかと不思議で仕方なかった。方言にしては、色んな話で共通して出てくるし、誰かに質問できるはずもなく手持ちの辞書では分からない。ずっと謎のままだった。スマホで何でも調べられる現代の中学生には、想像すらできない話だろう。

退院すると、入院前までの環境とは一変していた。まず、漫画を読ませてもらっていた女の子が退所していた。体調が悪化して、施設にいられなくなったという。きちんと面と向かって、お礼やお別れの言葉を伝えられなかった。何度か手紙を交換したような気がするが、本人以外が目にするかもしれないと思うと、社交辞令の当たり障りのない言葉しか書けない。そもそも素直に文章が書けるような心は、これまでの気が休まらない生活の中でどこかへ置いてきてしまっている。自然と疎遠になっていき、中途半端なまま自然消滅した。

もう一つ大きな変化は、同級生で同じ病気のBくん（としておこう）が入所してきていたことだ。彼は症状が軽く、杖も使わず歩行できてパッと見では健常者と変わらない。よく遊んでいたクラスメイトは、Bくんと行動することが多くなり疎外感を覚えた。私の中では突然現れたぽっと出のよく知らない子に、自分の居場所を奪われたような気持ちだった。

学校は校舎の内一階が小学部、二階が中学部の教室となっていた。二階の教室へ移り心機一転、と思いきや生徒数自体少ないため、ほぼ変わらない面子で変化に乏しかった。教師陣はがらっと変わって、その点は新鮮味を感じた。

国語の担当は若い女の先生で、一回りくらい歳の離れたお姉さんのように思っていた。厳しいところもあったが、生徒の冗談を真正面に受け止めてくれるところもあって、強く印象に残っている。

二学期が始まった当初、みんながみんな夏休みの宿題をロクにやっていなかった。私も入院生活で遊んでばかりいたから全然やっておらず、この国語の先生にクラス全員烈火のごとく怒られて、最初は滅茶苦茶怖い先生だと思った。それでも筋の通った説教で理不尽さはなかったし、反省して必死に宿題を片付けた。

ある時、「テストの問題文って『答えよ』とか『書け』とか命令形で偉そうだよね」というような話をした。その後あったテストでは「〇〇にお答えいただけるでしょうか」という具合に、一事が万事へりくだっている文章で出題されていて面食らったことがある。よく引っ掛け問題も出されて、いつも何かしら凡ミスをしては減点された。採点結果を見ては「またやられた」と苦笑い。テストの形を借りて、知恵比べをしているようだ。他の教科はありふれた無難なもので、私には簡単な問題が多かった。すぐに解けて休み時間になるまで退屈することもあっただけに、国語のテストだけは異質で特別な時間になっていた。

他にも私物の Macintosh を、教室へ持ってきて見せてくれたりもした。パソコンが十数台置いてある教室（パソコン室）くらいでしか、実物に触れる機会がない時代だ。思い掛けないことをしてくださる、型にはまらない面白い先生だった。

この先生だったら、自分のことを分かってくれるんじゃないか？　自分の本心を打ち明けたらどうなるだろう？　と何度も脳裏をよぎった。言って何も変わらなかったらと思うだけで怖かったし、どんな顛末になるか予測できない。悪い方向へ転がって、先生に失望して嫌いになりたくもなかった。それに勉強とは一切関係のない、私の極々個人的なことで先生に迷惑を掛けられない、と尻込みする。施設での生活、身体との向き合い方、親との軋轢、吐き出したいことは色々あっても、学校生活とは完全に別の世界と割り切ろうとしていた。

今だからこそ問題を客観的に切り分けられるが、当時はそもそも何がどう問題なのか、整理できていなかったかもしれない。結局言い出すことはなく「建前」を守ることに必死で、生徒会の役員をやったりして自分の存在理由をこじつけるように、優等生を演じ続けた。

勉強は、ますます現実逃避の一手段になっていた。手術や度重なる骨折で痛い目に遭い、それでも頑張って訓練をしたところでまた骨が折れる。元の木阿弥どころか一層悪くなっていく身体と違い、学力はやればやるだけ結果がついてくる。理数系は相変わらず好きで、ひたすら数式に向かい合っていると他のことを忘れていられた。暗記も得意だったが、数式の背後にある規則や理論まで含めて理解することに、面白味を感じていた。そして計算式を整理した結果、最後にまとめられた簡潔な公式に美しさを感じるのだ。将来は数学者になりたかった。健常な身体や特別な設備もいらないし、紙と筆記用具に思考力があればいいなんて安易に考え、自分にぴったりな職業だと思っていた。この頃はまだ、パソコンを個人所有して自由に使える暮らしを、想像さえしていなかった。

親は私の学力にあまりこだわっていないようで、しつこく勉強しろと言われたことがない。その放任さも勉強好きになる要因だった。勉強よりも身体をなんとかさせたい様子をひしひしと感じ、そのプレッシャーから目を逸らそうと一層勉強へ逃げた。「親の心子知らず」を絵に描いたようなものだ。

授業で描いた絵を、マイナーな賞に提出したら賞状をもらえてしまったことがある。複雑な造形のものを見て描いたが、途中で面倒になり結構適当にごまかしながら完成させた。そんな絵だったから嬉しさよりも自分の身体のように、努力と結果が必ずしも正比例しないことは他にもあるのかと落胆してしまった。喜ばしい出来事も素直に受け止められず、捻くれた物の見方をしては悲観的な思考に走る癖がついていた。

周りの学習ペースが遅く、授業中歯がゆい思いをすることが多かった。テスト以外でも、早く問題を解き過ぎて暇を持て余すことがよくある。所詮養護学校だから、形だけ勉強している体を成していれば良かったのだろう。貪欲に吸収できる素地はあったはずなのに、納得のいく教育を受けられなかったという思いが強い。

頭がいい、と周囲の人は言い私自身、その自覚もあった。知能検査も淀みなく答えていたから結果は上々だったと思う。調子に乗っているところがあったのは否めない。ある時、同級生と口喧嘩になってキレた私は「ＩＱ低いくせに」と口走った。それを聞いていた職員から当然怒られたのだが、あんたら大人が持ち上げたせいじゃないかと心の中で毒づき、当時は理不尽さにばかり気を取られ苛立ちを感じた。反抗期がやってきても心の内を閉じ込めたままで、感情の発露の仕方が分からなかった。脳内だけで「こう言ったらどんな反応をするだろう」とシミュレーションを繰り返しては、実行に移すことなく不満を噛み殺す。本音と建前の乖離は増す一方で、そんな自分にますます嫌悪感を持つ。

自分の存在は一体何なのかと、寒い時期に外でぼーっと一人佇み、思い悩んだりしてみてもただ手先が冷たくなるばかり。思慮を欠く考えだと自覚はあっても、いっそ自分が何者かといった疑問に頭を悩ませないくらい、重い知的障がいがあったら良かったのにと本気で思ったりしていた。この時期抱いた自殺願望は、強弱の波を繰り返しながらずっと心の根底に横たわり、四十を過ぎた今になっても自分のアイデンティティの一部を構成している。

中学になっても部活とは別に、小学生のクラブ活動と同じような授業も続いていてパソコンクラブに入っていた。土曜に二時限分だけ、パソコン室へ集まりゲームで遊びまくれる。

学校制度の過渡期で、土曜は毎週ではなくなりつつあったので貴重な時間。本当にただ遊ぶだけで、なぜこんな授業内容が容認されているのか不思議だった。

まだインターネットは自由に使えず、フロッピーディスクからゲームを読み込んで実行する時代で、起動するのにも時間が掛かる。思い出深いゲームを挙げると、「ごたく」（選択制のクイズ）は遊び過ぎて、問題と解答の組み合わせを覚えてしまった。「SuperDepth」（戦艦で戦うシューティング）は難しくてクリアできなかったが、シンプルな操作でまとまっていて、シューティングゲームの面白さが詰まっていた。「テトリス」はなかなかゲームオーバーにならなくて、ぶっ通しでやっていたら気持ち悪くなるほどのめり込んだ。「ＲＰＧツクール」もあってゲームを作ってみる生徒もいたが、私は興味を持てず遊ぶ方にばかりかまけていた。この時からゲーム制作に目覚めていれば、また違った道があったのかもしれない。パソコンだけでなく、顧問の先生がゲームギアを持ってきてくれて、「コラムス」や「デビリッシュ」、「ドラゴンクリスタル　ツラニの迷宮」などを夢中でプレイした。

金田一少年の事件簿が好きで、グッズや本を買い集めるくらいファンになった。ほとんど漫画本を購入しない中、唯一買い揃えた漫画だ。普段は冴えない主人公が、推理の時は別人のように凛々しくなり、解決へ向かう過程に胸を躍らせた。犯人にも犯罪に手を染めてしまうだけの、人間らしい動機があって同情の余地が残されているところも魅力的に感じた。

小説版第一巻の犯人は、復讐のために自分を「演じ」続けていた。真相に辿り着いた時、状況や動機もまったく違っているが、本心を隠し続け生きてきたという姿を自分に重ね「俺じゃん」と思いながら読んだのである。犯行を決意するまでの経緯も重く居たたまれない設定で、少年漫画が原作の小説にしては随分ハードな展開に驚いたのだった。

漫画本、小説、ＣＤブック、総集編……。我ながら随分散財したものだ。関連商品の一つで探偵手帳というものがあった。それについて思い出すと、いつも苦い記憶が蘇ってくる。重度の知的障がいがある同級生に、ぐちゃぐちゃに散らかされ壊されてしまう。その子は新聞や雑誌なんかが目の前にあれば、手あたり次第に引きちぎって細切れにするのが日課だった。個人の勉強道具をしまう場所に置いていた時に、胸糞悪い事態を招いてしまったのだ。私が見つけた時、誰も止めようともしていなかったことに怒りを覚え呆れ返った。

扉のない下駄箱のような棚で、単に四角く仕切られただけの収納スペースだから無防備なことこの上ない。大事なものをそんなところへ置いた自分の迂闊さも大概だった。たかがファングッズ。買い直したら済む話には違いない。それでも、私にとっては愛着のある持ち物だった。直接言ったところで理解できないし、やり場のない悔しさを溜め込む他なく、何かに執心することすら自分には許されていないのか、と虚しさを覚えた。

他の人だって物は置いているし、なんなら自分の物だって他に教科書や勉強道具を置いてあったのに、どうしてこれだけが。誰かが故意にそう仕向けたのではないかと、疑心暗鬼にもなった。ひょっとしたら色覚特性もあって、パッケージが目立って認識しやすかったなんて可能性もあったのかもしれない。これは中々新しい発見である。書き出してみるものだ。

パソコンの授業中、自由に検索できる隙をみて自分の病気を調べ、劣性遺伝することを知った。一生治らないだけでなく、遺伝子自体が次世代に引き継がせるのも憚られるものなのだと感じ、自分には異性を好きになるだとか、大っぴらに恋愛をする権利そのものがないのだと独りで結論づけていた。自由に、とはいってもバレることを警戒して卑猥な単語なんかは迂闊に打てない。本当に思うまま調べられる環境を手にするのは、ずっと後のことだ。

精通がまだなかったことも、恋愛を避ける一因だった。尿道にはカテーテルが入りっぱなしで、勃起しようものなら内側からの痛みに襲われる。異性と親しくなるということに、何ら楽しみを見出していなかったのだ。もし早い段階で性に目覚めていたら、多少違う考えになっていたかもしれない。それでも好き好んでこの病気を持つかもしれない子孫を残すことは、正気の沙汰とは思えなかった。

どんなに障がいを個性と言い張ろうと、骨の弱い身体に生まれて嬉しいことなんて一つもありはしない。優生思想とまではいかないつもりだが、この先結婚して相手に子供を望まれたとしても、ハンデを持つ子孫の生まれる確率が平均以上だというのなら、最初から子を授からない方がいいに決まっている。他の人がどうしようととやかく干渉するつもりはないが、個人的にはそれが責任ある判断だと考えていた。

現在も考え方は変わらない。それでも万が一にも子供ができたら、私の思考力と記憶力、洞察力を受け継げばきっと頭脳明晰な子になると、根拠のない確信がある。だから私が家族を持てないのは日本の、ひいては人類の大きな損失なのだ。それが私の、現実に対する復讐である……。という馬鹿馬鹿しい誇大妄想が思い浮かぶ。現実的には、思い通りに育てられず子供との接し方を間違い、虐待して家庭崩壊。グレて引きこもり、サイバー犯罪にでも手を染める。なんてシミュレーションを容易に妄想する。円満な家庭が築けるはずないのだ。

中学生になってからだったか小学六年くらいの頃か、恥も外聞もないかのようにあけっぴろげのおばさん看護師がいて、一本だけひょろっと生えてきていた陰毛を入浴時にからかわれた。恥ずかしくてどうしようもなく、やり場のない憤りを感じて性的なことはなるべく遠ざけるようになる。小さい頃から、医師や看護師に裸を見せざるを得ない生活だ。改めて考えてみれば、自分にとって裸を見られて恥じること自体、無駄で馬鹿馬鹿しいことだと考えるようになった。そうして一切頓着しなければ、何が起きようと動じないに違いない。

ニヒルを気取ってみたところで、かわいい看護実習生によく着替えさせてもらった。中学二年ぐらいの頃、身体の状態は悪化の一途を辿っていて、骨折それ自体が治っても自分で着替えられない。朝起きてみんなパジャマから着替え終わり食事へ行く中、周りに誰もいなくなってもじっと待っていると、よくその実習生が着替えさせに来てくれた。一部の職員から受ける粗雑さとは無縁の優しい介助は、身の安全が保てる安堵感をもたらす。同時に心のどこかでは若い女性の世話になって、日々の張り詰めた精神状態を弛緩させ喜びに変えていた。そんな自分の浅ましさに嫌気が差し、自己不信に拍車が掛かった。

自分で車いすを操作できない時期が増えてきて、習慣にしていた早めの登校は難しくなる。徐々に行動範囲が狭まり、情けなさと無力さを噛みしめた。職員や教師が付きっきりで車いすを押せないから、歩ける子に車いすを押してもらう頻度が増えた。泌尿器科から退院した直後の疎外感に起因したわだかまりを心に積もらせたまま、Bくんの世話にもなっていた。仕方なく表面上親しい振りをする自分に、ますます嫌悪感が募る。

少年の主張のようなコンクールがあって、授業の一環で応募することになった。テーマは確か、障がいにまつわることだ。もうどんな会場だったかは覚えていないが、どこか校外へ出掛けて発表した。私は障がいについて過剰にかわいそうと同情されることに対して、反発するようなことをつらつらと書いた。これはほんの少し「本音」を覗かせた作文だ。先生は褒めてくれたが一般の人にはあまり伝わらなかったようで、まあ、やっぱりなと健常者を冷ややかな目で見る思考が、一層強くなった。

もう一人発表していた人は、健常者の女の子。知的障がいを持つ姉について書いていたように思う。お涙頂戴風の、如何にも健常者には口当たりが良く、受け入れやすそうな内容だった。ああいうのが喜ばれるんだろう。聴衆はお行儀良く調理された美談に感動して、自己陶酔の中障がい者を理解した気になり、満足感を得るのだ。そうした現実を見せつけられている気がして、白けた心持ちで会場を後にした。

中二病をこじらせ唯一信じられる事柄は、この世の中に信じられるものは何もないということだと思うようになった。何も信じられないということを信じられるなら、信じられることはあることになり、この命題自体が既に矛盾をはらんでいるのだが……。現実には矛盾が満ち溢れているから、自身の信条に矛盾を内包していることにも何か象徴めいたものを感じたのだった。無神論ならぬ、無信論とでもいうべきか。

人生に望むことは、なるべく苦痛を感じず早く死ぬことだけ。他人の人権を進んで侵害する気はないが、自身の人権には塵ほどの興味も関心も持たなくなった。「自分のような心身共に歪んだ人間、幸せになる権利はない」そんな考えが、私の行動原理の根幹を成すようになる。それでいて、「障がい者だから仕方ない」という風に同情されることは、我慢ならない。幸か不幸か、この負けず嫌いな性格が、勉強することや理性を維持する原動力だった。

中学の修学旅行は、紅葉のきれいな観光地の旅館に泊まった。衝動的に取り乱した、小学生時代を思い出すと胸に棘が刺さったような痛みを感じる。もうあんな奇異なことはするまいと、自分に言い聞かせる。この時も母が付き添いで鬱陶しさを感じていた。行き先もうろ覚えの中で、一つはっきり思い出せることがある。

夕方、例の先生が部屋に来て、母に温泉へ入ってきたらどうかと切り出す。その間はみんなと遊ばせておくから、と。それに対して母は断って、私を一人にはさせない。先生は私のことを連れ出してやろうという意図で、声を掛けに来たのは明白だ。二度とはない機会だったし、連れて行ってもらいたかった。過保護もいい加減にしてほしい。母の存在が重しのように息苦しかった。自分からついていくと意思表示できれば良かったのかもしれない。突然の展開で、自分自身のことに消極的な心では、何もできずに後悔だけが残った。

卒業式や謝恩会は、人並みに感動したり感謝したりしてはいた。ただ、それもその場だけの一時の感情であまり記憶に残っていない。様々な負の記憶が強く多過ぎて、それらを消し去りたい意志が、良い思い出も道連れに記憶の底へ沈めてしまったのだろうか。それなのに、こうして思い出したくないことばかりを昨日のことのように、はっきり憶えているのは皮肉が効き過ぎている。

高校も、同じ学校に併設されていた。入試はあるにはあったが、子供騙しのような試験で拍子抜けする。生徒をふるいに掛けるようなものではなく、形だけのものだ。こんな試験やる意味があるのかと、緊張して大真面目に構えていたのは取り越し苦労に終わる。それでも面接があったり、緊張感を持ったそのこと自体が良い経験にはなっていたのだろう。

中学の三年間は、身体が悪くなりつつも表面的には充実しているように見せ掛け、その裏側で内面の精神性は健全とはとても呼べないものに終始した。それはもう小学生の時から一貫して変わらない。一時的には好転してもすぐに悪化して、より一層の深みに落ち込んでいくという負の連鎖が、延々と続いていくのだった。

五、高等部時代

高校生になってから、障がいの程度はなお一層重くなっていく。一時期酷い腰痛に悩まされ、リクライニング式の車いすで過ごした。後にも先にも腰の痛みで起き上がれなくなったのは、この時期を除いて他にない。特にこれといった原因や治療もなく、時間の経過とともに回復した。治っても手放しで喜べはしない。原因不明ほど、不安なことはない。何に注意すればいいのか、見当もつかないのだ。

手首から肘の間の骨、前腕骨が両手とも変形治癒を繰り返し、小指側に少しずつ湾曲していった。ゆっくりだが確実に曲がっていく腕は、ずっと不安と隣り合わせの生活を強いられる。利き腕の左が特に酷く、一番悪化した時はヘアピンカーブのような形になって、日常生活に困るほどだった。釣り針を思い浮かべてもらいたい。糸を結ぶ方が肘、針先が手首として見立てたら伝わるだろうか。見た目もグロテスクで、どうしてこんなことになっているのか答えの出ない疑問に頭を悩ませた。自分の顔にも触れないため鼻をすらかめない。食事や勉強、何をするにも不便極まりなかった。

両腕で思うように体幹を支えられず、脊椎の変形もこの頃から顕著に進んだようだ。今ではレントゲンで見れば、はっきりS字に蛇行していて恐ろしい。肺や心臓に悪影響が出ないか、日々不安を感じている。

とうとう腕を手術することが決まり、両手をまとめて整復した。カーブのきつい部分を切除して、切った境界線同士を繋ぐ。切り捨てた骨の長さ分、若干腕が縮んだ。左右を比較するとよく分かる。左手の方が短くなった。唯一障がいの影響が少なく、器用に使えていた左手が見る影もない。

分別がつくような歳にもなったのに、遊ぶことに関しては自制が効かず、術後間もない時に無理をしてスーパーファミコンで遊び呆けた。普段はみんなと順番待ちをして遊ばなければいけないところだが、土日で人が少なく遊び放題だったので、調子に乗ってプレイしてしまったのだ。腕の経過を看るために帰省しなかったことが、逆に災いした。取り憑かれたように、超魔界村をやっていた記憶がある。安静にするべき時だったのに、止め時が分からずキリもなく腕を酷使してしまった。それに、術前のあんなに酷い状態から元通りになるとも思えず、悲観的な諦めの気持ちが自制心を鈍らせた。

その時の無茶は、ある程度影響しているだろうことは想像に難くない。きれいに完治とはいかず、今も両腕ともに二十四時間、補装具で保護している。何らかの支えがなければ、筋肉の縮む方向へたちまち湾曲していく恐れがあるため、常に締めつけが必要だ。甲殻類のように表面を固く覆っているようなものだ。

　元から汗かきなせいで手のひらは常にふやけ、いつもぼろぼろになってしまう。手からかび臭いような汗臭さがどうしても出てしまい、異臭という自覚はあるのに嗅いでいると落ち着く変な癖がついた。下降線を辿り続ける身体と自罰的な思考が合わさり、頭の芯から腐り落ちていけるような倒錯を覚える。手首が固定されているから、筆記も自由にできない。文字は指先だけで書いている。時折自分の汚い字に納得できず、やり場のない怒りに駆られることもあった。

　元々は箸を使えていた食事も、フォークとスプーンを使うしかなくなった。腕の痛む日が多かったことで、気がつけば肩を動かす機会が極端に減った生活を余儀なくされていた。今まで問題なかった範囲ですら、腕が上がらなくなってしまう。無理に動かそうとすると、肩まで痛みを生じる結果が待っている。痛みと運動不足が続いたことで肩関節も、可動域が元には戻らなくなった。

　自走式の車いすは、もう動かせる見込みがなくなり電動車いすでの生活に変わる。一時期は自力で操作していた時から比べれば、その頃が信じられないくらいの変わりようだ。少しずつできないことが増えていき、次第に自由を奪われる無力感と虚無感は、まるで真綿で首を締められていくような精神的苦痛を引き起こす。元からできなかった動作なら、まだ諦めはつく。実際、自分の足で立ったり歩き回ったりできないことに関しては、大して感情を乱されない。一度も経験していないからだ。

それに比べ着替えは全介助、箸も使えず車いすで動けなくなることは、絶望以外の何物でもなかった。身体機能的には赤子も同然だ。なのに頭だけは、うんざりするほどよく回る。学者になるくらい優秀ならば、まだ救いようがある。しかし現実はそう簡単にできていない。勉強は何でもある程度こなせるが、一芸に秀でている訳でなく、器用貧乏だった。

腸管出血性大腸菌、O（オー）157が猛威を奮って全国的な騒ぎになったのは、高校一年の頃だ。施設での食事は、安全性が第一となって生ものは忌避された。何から何まで加熱殺菌して提供されることになる。千切りキャベツや、生野菜のサラダ、ポテトサラダまでも、本来のメニューを一緒くたに茹でたものが出された。似たような施設では、皆こんな対応だったのか知る術はない。機械的で杜撰にも見える対応に、はっきり「まずい」と言って不平不満を隠せなかった。仮に病人食でも、ただ茹でてくたくたになっただけのレタスなんて代物、頻繁に出ないのではないだろうか。温野菜にするなら相応の献立があるだろう、と諸々の事情には目もくれず不遜な態度を繰り返す。

あからさまな文句を口に出し続け、ついには親の耳に入る。数年に一度の、施設側と親の間でのカンファレンスで話題に挙げられたのだ。私は、単に反抗的なわがままを言っている自分が悪い、と自覚していた。にもかかわらず、父はあろうことか私を擁護した。曰く、本当にまずい食事を出している施設に問題があるのではないか、というように。自分の味方をした父に、喜ぶ気にはなれない。客観的にはクレーマーにしか映らないだろう。世間体の方が気になって、居たたまれない思いがした。こんな時に限って、父親風を吹かせていい迷惑だとも思っていた。父との心の距離は遠くなるばかりだった。

　国語の小論文で、障がいのことについて書いた。主に高等部時代の、ここまでに書いた電動車いすを使うようになったことによる心情を吐き出して、いつになく「本音」を書き表せた。要約するならば、この本の下位互換のような内容である。担当の先生は新任で初々しい小柄で美人な女性だったから、そのせいもあり頑張れたのかもしれない。結構深い部分の気持ちを言語化した。後で人づてに聞いた話では、その文章を読んで感情移入してくれたようだ。直接、率直な感想を聞きたかった。私の卒業後あっさり結婚してしまっていて、心底がっかりした。相手は高校三年の時の担任で長身、イケメンの先生だったから、なおのこと複雑な気持ちだった。私のことをダシに、距離が縮まったのではないかと根拠の乏しい疑念が思い浮かび、勝手に悔しさを感じ自己嫌悪に陥った。

　身体の不自由さを受け入れるのに、時間が掛かった。受け入れたくない気持ちが強くて、不貞腐れ、斜に構え、何もかも投げ出したくなった。幾度となく思ったことで、その度に思い直して、そしてまた鬱屈とした気持ちに苛まれる、の無限ループだ。節目節目の卒業式や何かの行事、大病した後は謙虚な気持ちが胸を満たし、素直に感謝の念を抱くことができた。両親に対しても手のひらを返すがごとく、「生んでくれてありがとう」というように。しかしそんな肯定的な心持ちは、長く続かない。しばらく日常生活を送ると悪くなる一方の身体と、不定形の歪んだ感情に打ちのめされる。

今現在もこの身体と共存してはいるが、受け入れているというのは正確な表現ではない。いちいち身体のことで一喜一憂、感情を励起する以前に倦怠感が先行して、脳が情報を処理すること自体止めているのではないかと思う。それでも、失敗作としか思えない身体で生き続けなければならない現実を直視する度、自殺願望が顔を覗かせる。

何かの授業中、どんな弾みだったか思い出せないが、とうとう「建前」さえ放棄して教室を飛び出した。原因は些細なことには違いなかっただろう。しかし自分には我慢できない出来事があった。自走式車いすのままなら自分の席に留まっているしかなかったものを、なまじ自由を手に入れたものだから衝動的に手が動いていた。廊下から中庭に出る。もういい。もうどうなってもいい。そんな捨て鉢な気分で放心した。

授業を担当していた先生が、連れ戻しにやって来る。どんな会話をしたかも忘れているが、宥められ教室へ戻った。こんな状態でも「本音」を吐き出せなかった。いや、多少は吐露した可能性もある。けれど冷静でなかったその時に、的確な言葉が絞り出せたとは思えない。その後の授業は少しも耳に入らず、外界を拒絶して無気力だった。反抗期を抜け出せずにいたのかもしれない。

部活は放送部に入った。部員が二人一組で担当する。生徒からリクエスト曲を募集して週一回程度、昼休みに放送する活動をしていた。部員が二人一組で担当する。進行に手違いがないように、簡単な台本を用意した。あらかじめ用意された台本に沿って喋るのは、ただ無軌道に雑談するのに比べたら苦でもなかった。放送に選ばれた曲の媒体を手配するのも部員の役目で、流行りのJ-POPは持っている人も多いから簡単に借りて用意できる。誰が持っているか分からないような曲は探すのに苦労した。部活は楽しいからというより真っ当な居場所を、自分の価値を辛うじて保ちたいがために積極的に参加していた。

性に目覚めたのは高校二年の時。何度目になるとも知れない骨折で、寝込んでいる時だ。長期間入浴できず清拭だけはしていたが、それで垢がきれいには落ちない。垢がたまる以外にも、カテーテルが入っている影響で汚れが酷くなる。尿道から染み出す漏出物が性器の先端にかさぶたのように固まっていて、がびがびになっている有様を見ていると他人事のような哀れみを感じてしまった。汚れが気になり、せめて取れる分だけでも取ろうとした。

軽く擦ったところでこびりついた老廃物は簡単に取れない。暇だったし諦めきれずしつこく擦っていると、段々変な気分になってきた。単純に考えて、四年以上はカテーテルで排尿を管理する生活。ちょっとくらい勃起しても最初の頃に感じたような強い痛みはなくなっていた。人間の適応力とは凄いものだと、変なところで感心する。

硬くなったソコをなおも擦っている内、形容しがたい不安が襲ってきた。底知れない穴の中に吸い込まれていくような、あるいは落下していくような感覚。自分の意識と身体があたかも乖離するような恐怖感に襲われ、必死に抵抗しようとする。その次の瞬間、達していた。カテーテルの脇から粘液が染み出てくる。我に返り、これが射精なのかと呆然としてしまった。人生の中で五本の指に入るくらい、衝撃的な感覚だった。

なるほどこれは、オスならば誰も彼もが女の尻を追い掛けたくなる訳だ、と冷静に納得していた。留置カテーテルが入っている状態でこんなことをして大丈夫なのかと、心配しつつも快感に抗えなかった。おっかなびっくり、たまに（玉だけに）するようになった。快楽に理性が負けているような気がして嫌悪感も付き纏う中、それでもやめられなかった。断っておくが、カテーテルが入っていること自体が「イイ」と思ったことはない。ただの異物で邪魔でしかなかった（要るか？　この言い訳）。だが中には快楽のためにカテーテルを挿入する性癖もあると、大人になってから知る。私には適性がないようだ。

自慰を覚えてから、陰嚢のあたりが時折熱を持ったように、ひりひりするようになる。泌尿器科の医者にも言い出せず、一人で我慢するだけで放置した。理性一辺倒で物事を捉えていた私にとって、それからの性欲との折り合いのつけ方には戸惑うばかりだった。どうせ恋愛も放棄し、子供も望まないのだから性欲なんてなければいいのに、とまで考えたことも数えきれない。周囲の同年代の子たちとも、どんな顔をして性的な話題に同調すればいいのか分からず、加減も見極められない。理屈っぽく考えてしまうせいで、周囲に溶け込めない。

自分の射精が正常なのかどうかが何とも心配になり、誰かと見比べて安心したかった。今だったらネットでいくらでも映像を拾えるが、当時は調べようもなく自分で確かめるしか方法がない。手っ取り早く確認する方法は、誰かに見せてもらうこと。言いやすかったある子に、見せてくれるように頼んだ。最初は嫌がられた。それもそうだ。それでも諦められず言葉巧みに安心させて、脱がせるところまでは応じてくれた。しかし、その先まで見ることはできなかった。個人的な不安を解消したいがため、強制わいせつか性的虐待に問われてもおかしくないことをしていた。人間不信と猜疑心から、常識とか倫理観はとっくに自分の中で崩壊していて、問題行動を抑制するブレーキの役割を果たさなくなっていた。

女性が気になって意識するようになっても、恋愛したいとは思えず中学時代に塗り固めた「恋愛する権利はない」という価値観に自分自身を縛っていた。そもそも、好意を感じる子は周りにいない。自分の身体が悪いのを棚に上げ、相手も障がいを持っていたら苦労が無駄に増えるし、付き合うなら健常者がいいと身勝手で傲慢な差別意識を抱いていた。

論理的な思考パターンが癖になり過ぎて、好きになるということが分からなくなってい た。かわいいと思ったら好きなのか、ヤリたいと思ったら好きなのか。そんな基準で測ったら、誰彼構わず好きということになってしまう。自分の好みのタイプもよく分からない。自分すら好きになれない人間が、他人をどうして好きになれよう。しかもこんな欠陥品だ。付き合ってくれる物好きな人がいるはずもない。私自身が女だったとしてこんなのとお近づきになりたいかと考えれば、確実にお断りする。

それに嫌というほど両親の関係性を見てきて、結婚なんてするものではないと冷ややかな感情が大勢を占めていた。仮に結婚したとしよう。あの父のように、横暴な独裁色が出てきてしまいそうでおぞましい。若い内は、歳を重ねた時の孤独や侘しさを想像すらできなかった。恋愛に疎いままなことを、どうにかする意識は放棄していた。

しかし過去の自分に伝えることができるなら、今現在の状況を見せてやりたいとも思う。そのまま過ぎていくと一九九九年に人類は滅亡せず、未来に待ち受けているのは死ぬことより厄介な生活であると。

とはいえ、この頃の私は切実に一人だけの暮らしに憧れていた。粗暴だったり、実害を与えてくる子と寝食を共にしなければいけないことに、どうしたってストレスは溜まる。縁もゆかりもない、ただ偶然同時期に同じ病棟で暮らしているだけで、どうしてこんな迷惑を被らなければならないのか。ストレスが悪意や敵意に変わってしまいそうになるのを自覚して、なんとか抑える努力をする。人権だ、平等だと尤もなことを叫ぶ連中に、同じ環境を味わわせてやりたかった。人間、一皮剥いてしまえば醜いものではないか、と考える。

誰彼構わず、虫の居所が悪いと手加減なしに引っ掻いたり、歯形がくっきり残るほど強く噛みついたりする子。私も、近くに寄った時引っ掻かれたことがある。しかし一番の被害者は特定の子だ。病気か、治療の影響かは分からないが、髪が極端に少ない女の子がいた。少しずつ生えてきて、折角増えてきた毛を毟り取られていて気の毒だった。悲壮感の漂う雰囲気ではなく、周囲も自分も半笑いで「また毟られてるよ」と職員を呼ぶ、といった状況だった。知的障がいもあるせいか、避けたり逃げたりする素振りも見せずされるがままにしていた。消灯時間を過ぎても眠るまで大きな声で独り言が絶えない子、ベッドで立ち上がり、遠くまで唾をそこら中に飛ばす子。常識では考えの及ばない子が何人かは入所してきていた。

こんな記憶があるせいで、障がい者が被害に遭う重大事件が起きても、世間一般とは相容れないような感想を持ってしまう。簡単に善悪で結論の出る人ほど、お花畑の中で生きているのだろうと鼻で笑いたくなる。

当時は二十世紀末。テレビや雑誌はこぞってノストラダムスの大予言を特集し、喧伝している。心の片隅では、人類滅亡してくれた方が楽になれると期待していた。まんまとメディアの無責任な煽りに乗せられて、どう生きていくか真剣に考えることから目を背け続けた。

両親は親戚同士だった。つまり、血が濃い子供として生を受けたのが私だ。両親の馴れ初めは身体が悪く一向に結婚相手の見つからない父の母が、私の母に結婚を頼んだということだった。この結婚は愛情よりも同情から始まっているように見えた。好き合ってくっついた結果生まれたのならまだしも、そんなことを聞いて益々親に怒りが湧いた。

高校の先生から教えてもらったことが切っ掛けで、マジック・ザ・ギャザリングで遊ぶようになった。本気でやろうと思ったら、いくらお金があっても足りない恐ろしいゲーム。分厚いルールブックを貸してもらって、ゲームシステムを読み込んだ。段々ハマってしまい、家にあった図書カードが、片っ端からトレーディングカードに変わっていった。どうせ使うことはなかったからいいのだが、本を買って読んだ方が余程有意義だったろうなと思わなくはない。数人しかルールを知らず、細々と遊んだ。この時一緒にプレイした後輩は、高校卒業後も一度だけ遊ぶことになる。

世界的にプレイ人口の多いゲームでも、日本では遊戯王やポケモンのカードゲームに比べてパッとしない。メディアで取り上げないせいか、マーケティングに失敗したのか。アートデザインが日本人好みではないのも大きかったのだろうか。流行り廃りは、メディアの舌先三寸に左右されている事実をなんとなく感じ取る。

高校三年になると、進路を考えなければならない。学校で職場実習があった。まず一つは、一週間くらい掛けてホチキスの針詰めをした。山積みになった針を前に、チマチマと見慣れた箱に収めていく。丁寧に、なるべく速く。他の子と競い合うように作業していれば、少しは面白味も感じた。それでも正直、二束三文にもならない気の遠くなるような作業は、滑稽に映る。労働の尊さや収入を得る大変さを学ぶどころではない。心の中では軽んじているくせに、毎日書く日誌には綺麗事ばかりを並べ立て、後ろめたさと歯の浮くような居心地の悪さを覚えた。

規模の大きい授産施設へも通った。この期間は家に帰されて、退所後のシミュレーションのような意味合いも含んでいる。本来家に戻れて喜ばしいはずでも、憂鬱さが強かった。既に土日の帰省さえ抵抗感を持つくらい、父との関係はギクシャクしていた。赤子と変わらぬ身体能力になってしまった後ろめたさと、一貫して湯治とマッサージによるケアにこだわる方針への反発があった。実家で一泊以上続けて寝泊まりするのは、短期間でも気が重くなり、退所後の暮らしを予想すると身震いする思いだ。

廃品の大きい電線についている被覆剥きや、写植の作業、クリーニングの仕事を体験する。どれも自分にはとても続けられないと感じながら、最終日まで通った。被覆剥きは、重いし軍手をしていても指先の皮がひりついてくるし、ほんの僅かにでもブルーカラーの過酷さを垣間見た。一番の難題は、毎回それなりの感想を捻り出さなければならない日誌だ。針詰めの時に書いたことは使い回せないし、日を追うごとに表へ出せるような感想は減っていく。懸命に考えて、本来の気持ちとは異なることを無理やり言葉にしていた。

最後に行ったのは、コンピューターの専門学校だ。パソコンのごく簡単な実習を体験した。実習そのものは簡単過ぎる内容で物足りず、もっと高度なことをやってみたかった。非力で骨折のリスクもある身体では、せいぜいコンピューターを使った仕事しかできないだろう。このまま、ただ卒業して施設を退所しては何のスキルもなく、自宅に戻り何もすることがない。親と四六時中顔を合わせるだけの生活は、想像するだけで恐ろしかった。

せめてできる範囲内でのことと、勉強に身を入れても父には認めてはもらえないようだった。この調子では、大学に四年も費やすことを許さないだろう。お金も出してくれそうもない。それに今まで納得できるだけの勉強ができなかったことで、学力に不安もあった。

大学に行くことは諦め他にあてもなく、消極的な結論だったが職場実習で通ったコンピューターの専門学校以外に、進めそうな道はなかった。それでもそれなりの費用は掛かるが、大学に比べればマシだ。とにかくどうにかして、社会的に意味のある人間にならなければ父に従うしかなくなり、自分の身体を治すことだけに専念する虚しい存在になってしまう。

それだけは避けたかった。

進路相談で専門学校へ行きたいと言った時も、気持ちに余裕がなくなり勝手に涙が出た。それは既出の通り、小さい頃からの癖で機械的に流れただけ。しかし先生は勘違いして私に釣られて感極まったようだった。内心悪いことをしたような気になったことを覚えている。

クラスメイトのCくん（としておく）も同じ学校へ進むことになった。周囲からは一人より安心だとか心強いとかそんな声もあったが、私にとっては不安要素が増えただけにしか考えられない。施設時代の諸々は過去のこととして全て忘れ、生まれ変わった気持ちで頑張ろうとしていた矢先に、水を差されたような思いだ。小一から付き合いのあるCくんに対し、そんな冷たい感情を抱く自分の非情さがまた、自己嫌悪を強くする要因になった。

毎年何の気なしに参加していた退所式。いつの間にか、自分たちの番になってしまった。振り返っても、後悔ばかりが頭をよぎる。良い思い出がなかった訳ではない。客観的に見れば、きっと半々くらいの割合ではあったのだろう。しかし苦痛と不安に苛まれた記憶ほど、簡単に呼び起こされる。

式が進み、小学生の子らが歌の出し物をする。かつて自分も小学生の時、参加していた合唱の時間で練習したことを思い出す。それにしたって、いじめられた苦い記憶だ。あの当時退所式で歌っていた時、特に何も考えず歌っていた。今歌っている子たちも、ただ歌っているだけだと、そう思う。それでも歌声を聞いていると、不意に涙が出てきた。一体これはどういう涙なのか、自分でも理解に苦しんだ。名残惜しい？　そんなはずはない。散々酷い目に遭って、心中穏やかでは済んでいなかった。こうやって歌ってくれている子より一足先に、この施設から去っていくことに申し訳なさのようなものを感じていた。

涙と一緒に、施設に対する憎しみまで溶かされる気がする。小学生に歌わせるのはこれが狙いなのかと、冷静に訝しむような見方に余念がなかった。これから実家で暮らすことへの大きな不安もあり、涙が止まらない。こうして、十二年に及ぶ親元を離れての生活に終止符が打たれた。

六、専門学校時代

施設を退所して、実家で暮らすことになる。生活が一変した。生家だというのに不安が大きい。相変わらず父は、医者に頼らないで温泉とマッサージによって体調を良くすることに執着している。そりゃあ歩けないまでも、小学四年くらいまでの身体に戻れたらどんなにいいだろう。

あの頃に比べれば、身体の至る所が目も当てられないレベルで劣化していた。腕と足の補装具は手放せず、自分自身の筋力に骨は耐えられない。脊椎や肋骨の変形も酷いものだ。泌尿器系まで異常を抱え、採尿バッグをぶら下げている。楽観的に考えても、外科的なアプローチがなければ治るようなものでないことは明らかだ。民間療法でカバーできる範疇を越えているのではないか。

仮に杖で歩けるようになったとして、中途半端な身体でどうしようというのか。障がい等級が軽くなれば、年金は減額される。そうなっても不可抗力で呆気なく骨折すれば、すぐまた数か月の安静とリハビリを要してしまう。それで生活していけるのか。どうせコンピューターを使って仕事をするなら、今のままでも大差がない。費用と時間とリスクを負ってまで、身体を良くすることに意味があるとは到底思えなかった。経験上、さらに悪くなる可能性だって想定される。しかし別の見方をすれば、障害年金欲しさに努力を放棄しただけなのではないかと後ろ指を指されそうで、何が正解なのか分からなくなっていた。

たとえ相容れないとしても、身体を治すことに時間を使う代わりに、頭を使って生きていくための術を身につけるしかないと決めていた。考え方は平行線で、ストレスを溜めていく。日光に当たるため、よく庭へ連れ出された。それでもまだこの頃は通学があったから、父もそれほど干渉してこない。

電動車いすのまま屋内で過ごせるように、応接間を私の部屋にするため家具を整えた。応接間とは来客を迎えるための部屋で、一九七〇年代くらいには盛んに設けられた洋風の間取りだ。今では聞き慣れない言葉になってしまったが、当時は一般的な部屋だったようだ。板張りの部屋だったから、車いすで乗り上げるのに適している。

玄関の段差も車いすで通れるように、木製のスロープを備えつけた。玄関から廊下を通り、一番近い部屋だったことも好都合だった。この部屋にベッドを置く。スロープもベッドも、市販のものではなく父が日曜大工で作った。ベッドは低身長な私の体格に合わせコンパクトなサイズで、蝶番でつないで下へ折れ曲がるようにもなっている柵付きだ。労力を掛けここまでしてもらい本来なら感謝すべきなのだが、この時の私は市販のベッドが良かったと無下にしていた。

初めてパソコンを買い、一緒にパソコンデスクも買った。機種まで思い出せる。NECのValueStar NXで、OSはWindows98だ。スリムタワー型だった。ディスプレイはCRTで、液晶ディスプレイは普及し始めた段階で手が出なかった。やっとITが身近になった瞬間である。確かまだこの頃は、電話回線にモデムを繋いで通信していた。ダイヤルアップ接続時に鳴った、独特の機械音が懐かしい。

初めの内はおっかなびっくり、パソコンを使いこなすには程遠かった。学校の課題をやったりメールをしたり、時々株価を見たいと父がたまに使いたがった。操作は私の役目だ。接続料金は従量制の課金体系で、使えば使うほど通信料は高くなる。規則正しい生活では、テレホーダイも恩恵は薄い。インターネットは、最低限しか使っていなかった。

検索サイトで思いつく限りのエロい単語を入力して、検索結果を見て安全そうなサイトを恐る恐るちょっと覗いては、その度に心臓の鼓動が早まる。好奇心と後ろめたい気持ちが同居していた。保健体育以上の性知識が、一挙に増えていく。大人の雑誌を目にして以来謎だったあの単語の意味も、やっと理解できるようになった。悪質なサイトに引っ掛かって、無限にウインドウが開きまくったり、操作不能になると慌てて電源ボタンを押す。

マルチメディアという言葉が巷に溢れる時期だったが通信速度は遅く、ネットはまだ文字情報が中心で、画像の一枚ですら何十秒も待たされてじわじわ表示される。如何わしい画像を見ようとした時の待ち時間は、何倍も長く感じられた。後少しというところで肝心な部分が表示されず止まり、仕方なくリロードすることもよくあった。今から考えると涙ぐましい努力を強いられていたと、苦笑いしてしまう。用済みの丸めたティッシュは自室のごみ箱に虚しさと共に捨てる。無駄な抵抗と思いながらも、なるべく目立たないように底深くに押しやる手間を欠かさなかった。

専門学校へは母が車で送り、何かあった時すぐ対応できるように近場で時間を潰してもらっていた。緊急時の連絡手段として、ポケベルを持っていてもらう。卒業までの二年間に、それほど鳴らす機会は訪れずに済んだ。

一般のビルだから、全体がバリアフリーという訳ではない。辛うじて電動車いすでも教室に入って行ける構造の建物で助かった。留置カテーテルで排尿管理していたことで、トイレに行く心配がなかったのは怪我の功名といえる。教室の机が車いすには合わなくて、どこかから引っ張り出してきた事務机を使わせてもらった。

Cくんは近くの席だったが、あまり会話もせず微妙な距離感で授業を受ける。頼るつもりもなかったし、頼られるのも勘弁してほしかった。中学一年の二学期、疎外感に悩まされた記憶が忘れられず、こんなところで都合良く仲良しこよしは真っ平御免だと思っていた。燻る感情を引きずっているのは誰のせいでもなく、自分のせいだと理屈では分かっている。青年後期に差し掛かってまでも、情けないことに心の中では割り切れない。

直接態度に出すことは抑えていたが、彼からはどんな風に見えていたのだろうか。クラスの人と打ち解けようと昼休みにトランプで遊んでいるグループに混ざったりしたところで、Cくんを誘ったほうがいいのか逡巡して集中できなかった。周りの顔色をうかがってばかりで楽しめないし、精神的に疲弊するだけだった。

授業が始まってみると、どうみてもやる気の感じられない、だらしない生徒が結構いることに驚いてしまう。私たちの学年が卒業後、間もない内に潰れてしまったような学校だったから、手あたり次第に問題のある学生でも入学させていたのかもしれない。たまに素行を見兼ねた先生が、全員に向かって当たり前のことをくどくど時間を費やして説教することに辟易する。学校生活は二年間しかないから、できるだけの勉強をしたい。養護学校の時のように、ここでも中途半端な勉強しかできないのかと落胆した。

親切な人もいて、授業で使う教材の出し入れに手を貸してもらったり、教室の移動でエレベーターやドアの開け閉めを手伝ってもらえたりした。メールアドレスを交換して何人かメールのやり取りもしたが、表面的なコミュニケーションに終始して、特別親しい人ができたりということは全然なかった。施設時代と比べればしがらみも減って自由度は上がったはずなのに、自分自身の価値観が枷になってメールの文章すら思い通りに書けない自分に困惑するばかりだった。

授業は、座学と実習の二つに分けられる。とにかく資格をたくさん取得して、仕事に活かせるスキルを身に着けようと必死になっていた。

座学は、ひたすら知識を詰め込むだけで単調になりがちな授業が多く、睡魔との戦いだった。先生の板書と話した内容を書き漏らさないように、重い瞼に抗いつつ片っ端からノートに写す。聞き慣れない専門用語は、後から何回も見返して自分なりに理解していく。現在では基本情報技術者試験と名を変えた国家資格、第二種情報処理技術者試験に向けた情報処理関係の勉強を中心に、ビジネスマナーや簿記といった分野も勉強した。

実習はパソコンを使って、Excelによる表計算の処理や、Adobe社のPhotoshopとIllustratorを使った画像編集方法を学んだ。どの授業にしても本格的に使うのは初めてのものばかりで、戸惑いつつも好奇心をくすぐられた。手を動かしながら進める時間は、変化が目に見える形で返ってくるので眠気も薄れていく。Excelで複雑な計算式が、狙い通りに動くと嬉しいし達成感があった。画像の編集は、絵心のない自分には縁遠いツールに思われたが、簡単な加工くらいならできるようになった。

在学中に何の結果も得られないようなことは絶対避けなければ、と集中したかいがあって、秋にあった二種の試験で合格した。過去問をたくさん解いて、その成果を出すことができて胸を撫で下ろす。合格できてほっとしたし喜びもあったものの、難易度の高い資格に合格する人は少なく、ここでも変に目立ってしまい周囲と温度差を感じて収まりが悪かった。続いて一種も、という気持ちも少しは持っていた。先生の話では相当難しいらしく、周りに受ける人もいない雰囲気だったので強く希望はしなかった。不確実な試験を目標にするよりも、確実に結果が得られそうな勉強に集中することを選んだ。

学校への行き帰りの道中、手持ち無沙汰で暇つぶしに日記を書いた。手のひらよりやや大き目のメモ帳に、ボールペンでぎっしりと書き込む。自分の世界に閉じこもって書いていても、愚痴の類が増えるばかりだ。淀む思考が晴れる訳でもなく、気分転換にもならなかった。自分自身のこととなると、どうにも長続きしない。しばらく続けた後はもう、メモ帳を開かなくなってしまった。

夏に落雷が原因で、パソコンが故障した。学校で安く直してくれるというので、持ち込んで修理を頼んだ。何週間待っても全然進展がなく、いつになったら直るのかやきもきして、あんまり催促するのも気が引けるし精神衛生上落ち着かない日々が続いた。結局は学校からまた引き取って、電気屋に持って行った。

退所した施設とは縁遠くなっていた。医療面ではまったく信用できなくなっていて、別の病院の整形外科へ行く。泌尿器科の通院と同じ病院だ。それでも何年かは催し物に顔を出した。しかし、年々知っている人も少なくなるし、次第に関わることはなくなった。

年末には、パソコンで年賀状を作ってみる。購入時に元から入っていた年賀状用ソフトを使う。家から送る全員分の宛先データを住所録に入れた。自分で作るのは初めてだったので、あれこれ試行錯誤しながら作成していく。プリンターで印刷して完成だ。だいぶパソコンの扱いにも慣れてきた。

成人の日、世間一般の同世代は成人式に参加している。私は出席せずに、両親と映画館へ行った。自分から言い出したことではなく、半ば無理やり連れ出された格好だ。周りと同じことのできない自分が後ろめたくて、惨めな気持ちになる。

適当に選んで入場した映画は「シックスデイ」だった。何が悲しくて両親と映画を観なければいけないのかと、内心面倒な気分でスクリーンを眺める。誰かと何かを鑑賞する時、自分の感想よりもその誰かがどう思って見ているのかを気にしてしまう。残酷なシーンや濡れ場があると、映画の内容に集中できず落ち着かない。

上の空で、早く終わってくれとばかり考える。やっとエンドロールが流れた頃には疲労感だけが残った。祝うつもりで連れ出してくれたのだろうが、感謝する気にはなれない。憂鬱さと、親不孝をし続ける心苦しさが脳裏を埋め尽くす。これが一生に一度の記念なのかと思うと、虚しさばかりが募っていた。

二年目には、初級システムアドミニストレータを取った。現在の水準に置き換えた場合、ＩＴパスポート試験と部分的に基本情報技術者試験を合わせた難易度らしい。当時は取れる資格なら、何でも取ってやろうというつもりで受験していた。

経理が好きな訳でもなかったが、簿記の課題も数多く消化して日商簿記二級も取れた。ひたすら機械的に過去問を解く作業は、面倒さを感じても現実逃避に適している。いつの間にか合格ラインまで習熟していた。せっかく合格しても残念ながら、簿記が今まで役立ったことは一度もない。他に受けられる情報処理関係、ホームページ作成、C言語、データベース(MS-Access)の検定をいくつか取った。

中でもC言語プログラミング能力認定試験の一級に合格できた時は、自分のプログラミングスキルが認められたようで自信を持てた。C言語の授業は個性的で、参考にする教科書はあったが全然開かない。代わりに、先生の作った課題が書かれたプリントを配られる。条件とその出力結果が提示されていて、パソコン上でプログラムを組んで同じ出力結果が得られるまで試行錯誤した。最初はあっさり解けるものから、徐々に難しいものへ進んでいく。きっと先生が長年培ってきた、ノウハウの結晶なのだろう。ところどころ悩むことはあっても、無理なくステップアップしていった。

一度解けた後も、もっと効率的なコードがあって改善できること、解き方は一つと限らないことを実際に体験していきプログラミングの奥深さ、面白さにハマっていった。数式に感じていた美しさを、プログラミングにも見出していた。簡潔で美しいコードは、メンテナンス性にも優れ高速に動作する。自分もそういうプログラムを組んでいきたい、という気持ちだけは強くした。それが一朝一夕にできるものではないと身を以て理解するのは、実務で手痛い目に遭って、それを客観的に振り返ることのできた時だった。

コンピューター内部の動きとC言語の関係が理解できるようになってくると、パソコンが得体の知れない箱ではなく、論理的に動作する純然たる機械なのだと自信を持って説明できるようになる。ＩＴ技術者としての基礎固めができていった。同時に、途方もなく膨大な量の0と1の寄せ集めにしか過ぎない電子情報に、一喜一憂し振り回される人間とは何なのかと、哲学チックな思考に耽った。

ホームページ作成は、ホームページビルダーというソフトを使う。ＨＴＭＬを自力で記述できるようになってしまうと、自動生成されるソースコードは冗長過ぎて自分で書き直したいと思うようになる。そうしてテキストエディタを使い、自分の好きなように書いていくことを好んだ。

そこで使い始めたエディタが「Meadow（めどう）」だ。これは古くからある「Emacs

（イーマックス）」というエディタのWindows移植版だった。無料で高機能。その分敷居は高かった。「Emacs Lisp」というプログラミング言語で好きなだけ拡張していける。HTML編集用の機能やメールソフトの機能など、公開されているパッケージを選択して組み込めるし、何なら自作したって構わないのだ。このカスタマイズにも試行錯誤を繰り返し、思い通りにいかないこともよくあったが、面白味を感じていた。

関連技術のCSSやJavaScriptも、併せて勉強していった。当時のJavaScriptはほんの少しWebページに動きをつけるくらいの用途で、今のように広く標準化され使われるようになるとは思ってもいない。C言語と構文が似ているところもあったから、習得のハードルは低かった。

プログラミングツールのVisualStadioを学割で買った。仰々しい箱に入っていて、購入しただけで何だか凄いことができる気分になる。実務で使うようなことはなく、もったいない出費だった。

理事長の奥さんが親身になってくれて、休み時間に事務室で話したり親切にしてくれた。当時まったく察することはなかったが、既に学校経営は厳しかったようだ。人が良過ぎたのか、経営に失敗したのか。何にせよ卒業後母校がなくなってしまうというのは、まるでその場所で過ごさせてもらった二年間も、現実味が薄れるようで物悲しい。

クラスの中で、比較的親しく接してくれる人と休日に遊ぶ約束をした。一対一だと思い込みデパートに集まってみると、もう一人待っていた。あらかじめ知らされていなかったから、驚きと共に動揺してしまう。どのみち二人とも同性だったし、何があるという訳でもないのだが。フードコートで食事をする。二人の間でばかり会話が続いて、私は空気になっていた。自分がその場にいたところで邪魔なお荷物に感じ、酷く居心地が悪い。早く時間が過ぎていくことだけを気にしていた。

ＩＴスキルやプログラミング、実務能力は身に着けられたが対人スキルはからっきしのままだった。ある時「ハカセ」なんてあだ名をつけられそうになって、目立つことは避けたかったしあまりいい気はしなかった。二十歳も過ぎて、そんなあだ名で呼ばれることに抵抗感が強い。もっとノリの良いリアクションを返せれば、周囲に馴染めていたのだろうか。

インターネットの接続環境は、時代の流れと共に常時接続が一般にも普及してきた。家の通信環境もＩＳＤＮに変わり、使い放題となる。いつ頃変わったかは、まったく記憶にない。少なくとも、パソコンを買った時からではなかったはず。

接続時間が気にならなくなり、否応なしに如何わしいサイト巡りも捗った。速度も上がったから画像は比較的スムーズに表示される。しかし今度は動画が見たくなる。遅い。低品質な動画でも、長い長い時間を耐えて閲覧するしかない。ヘッドホンがなかったから、ものすごーく音量を絞って家族に気づかれやしないかと、冷や冷やしながら再生した。

卒業制作で、簡単なホームページを作った。その中のコンテンツとして、JavaScriptで動く簡単なゲームを自作した。シューティングゲームやスロットマシーンをまっさらな状態から書いたので、中のコードは今見たら卒倒するような代物だったように思う。それでも自力で形にできたことは、とても勉強になった。

身体の調子は一進一退で、大きく改善することもなかったが、悪化はせずに済んでいた。というよりこれ以上悪くなったら、寝たきり生活しか待っていないくらいだ。相変わらず心の中には後ろ暗く重苦しい思考が渦巻いて、鬱屈としていた。それでも、できるだけのことをして専門学校でコンピューターのスキルを養えたことだけは、私の拠り所になっていた。第一種情報処理技術者試験に挑戦しなかったことが心残りだった点を除いて。毎度何か大きな岐路に直面した時は、選び取らなかった方の結果が気になってしまうのだ。

卒業が近づくと、就職を考えるようになる。手当たり次第に、在宅で働ける会社を見つけようとメールを出しても前向きな返事は得られない。結局、在学中に内定をもらうことはできなかった。雇ってもらえないことに対してはどうしようもないので、あまり気には留めないようにしていた。しかし、何の展望もないまま本格的に父と顔を突き合わせて暮らす生活になると思うと、気が重かった。

七、二十代（実家暮らし）

専門学校を卒業後、当面何も予定が定まっていない。社会的に無価値な存在でいることに、じわじわと焦りを感じていた。いよいよ父の言いなりで、身体の不自由なお荷物として生きていくしかないと思っていたからだ。

そんな折、就職についての問い合わせに返信いただけた会社があった。かなり遠方の会社だったが、依頼されたプログラムを書いた分、報酬をもらえるとのこと。とにかくどんな条件でも、取りあえず収入を得たい。必要な書類が送られてきて、作成するプログラムの仕様を確認する。一見簡単そうに見えても作り始めると時間が掛かり、コードを書けば書くほどまとまりがなくなっていく。なんとか要求通りのものが完成したと判断して納品したが、反応は薄い。そしてこれ以降、依頼はもらえなかった。

この時のことは冷静に振り返ってみると、非は私にある。要望された仕様は、大部分の処理を既存の機能を呼び出して達成できた可能性が高い。にもかかわらず、私は自分で一から実装してしまった。しかも実装内容そのものも悪かった。プログラミングのセオリーをまったくなぞらずに、感覚的に作ってしまったからだ。ひょっとすると、技量を試されていたのかもしれない。既存の機能を探し出し適切に利用できるか、そこから最小限度の命令を書き足して、不足している処理を追加できるか。そういう意図があったとすれば、私の書いたコードは落第点だった。

こんな推測ができるようになったのは、ずっと後のこと。実務で本格的にプログラミングすることになってからである。当時は、フィードバックも得られず何が悪かったのかさえ分からずにいた。自社の新人でもない者には、懇切丁寧に指摘してくれないのだろう。

暗中模索の状態で、とにかく学校での勉強はスタート地点に過ぎないことを痛感した。何か目的がないと、スキルアップしようにも身が入りにくい。練習を兼ねて自作のＷｅｂサイトを公開したのはこの頃だ。契約していたプロバイダーが無料で提供しているホームページ作成スペースを利用する。

手始めに卒業制作で作ったコンテンツを掲載した。そこから少しずつ拡張していく。当時アクセスカウンターや掲示板を作るにはPerlの知識が不可欠だった。もちろん既製品を持ってきて設置するだけなら、それほど手間は掛からない。しかし、私はあえて自作にこだわった。使うことよりも、作るスキルを磨きたかったからだ。単に負けず嫌いで作ってみたかっただけでもある。

Perlの文法に触れてみると、割合JavaScriptに似通ったところが多い。これならば、比較的つまずくことなく習得できそうだと思った。ほとんどネットからの知識で賄ったが、いくつか初心者向けの本も買って勉強した。父に対する反抗心から、この頃はまだ学習意欲が残っていた。新卒が読むべき本で薦められていたものや、ソフトウェア開発に関係するものをちょっとずつ購入して読んだ。

本棚には、当時買ったそれらの書籍が今でも四十冊くらい埃を被っている。「人月の神話」や「人を動かす」、「ソフトウェア職人気質」、「Code Reading 〜オープンソースから学ぶソフトウェア開発技法〜」、「達人プログラマー」などの有名どころは興味深く読めて、とても勉強になった。書かれていたことは全然覚えていないが、仕事をする上での血肉になっていると思う。

Perlを習得する過程で「詳説正規表現」という本も参考にした。「正規表現」とは、文字列の出現する組み合わせを特定する記法で、Perlとは切っても切れない関係があった。単純な例では「四桁の数字」や「電話番号」に一致するパターン、というものを表現できる。この本は丸々一冊、正規表現について分かりやすく、深いところまで説明している。

例えば、今貴方が読んでくれている拙作の文章で、クエスチョンマークの後ろに全角スペースを入れ忘れていないかを確認したいとする。これはまだエディタで手作業でも、まあ調べ切れるだろう。しかし、ファイルが何百とあったら？　あるいはもっと複雑なこと、

「見出しの漢数字だけ算用数字に書き換えたい」と思ったら？　それらの要求を一発で処理したい時に威力を発揮する。初見では、複雑な詳細に踏み込んだ辺りまで進むと全然頭に入らない。時間を掛けて何度も見返していき、多少は理解できるようになった。

ある程度Perlで書きたいコードが思い通り作れるようになると、ホームページはまあまあ様になっていった。序文に書いたものでほぼ全てだが、チャットのプログラムも作ってみたりした。ＣＧＩによるチャットは、現在主流のものとは違って画面を一々手動で更新する、非常に原始的な作りでしかない。作ったと言えば、独学でゲームを作ろうとしたのもこの頃だ。関連書籍も買って勉強したが、結果は既出の通りである。

もう一社、近所で個人経営している人から返事をいただいた。データベースの知識が必要ということで、サンプルを作ったりしたが全然反応がない。痺れを切らし連絡を取ってみると、適当にあしらわれてそれっきりだ。

認めてもらいたい、という焦りが先行するばかりで、効果的に自分を売り込むことができなかった。本質的に自分を良く見せることに否定的で、「プロモーション活動」が必要なことの意識が欠落していた。当時、自宅や小規模オフィスでの働き方としてＳＯＨＯ（ソーホー）という言葉が持て囃された。真っ当そうな業者に登録しても仕事は得られなかった。

Meadow やPerlを使う内に、オープンソースソフトウェア（ＯＳＳ）の潮流に関心を寄せた。この二つはもちろんのこと、オペレーティングシステムのLinuxやＷｅｂサーバーのApache（アパッチ）、その他様々なソフトウェアがＯＳＳで開発されている。誰でもその気になれば、簡単にソースコードを入手して知識とコーディングスキルを吸収し得る機会があるのだ。思いついたアイデアを即反映できて改良できる。それを誰に咎められることもなく広く配布できる、という良いこと尽くしの思想に共感を覚えた。何もかも無料では生活できないから、企業が求めるオーダーメイドの機能拡張に応じたり、保守作業やセキュリティの担保に関わる作業を担ったりといった労力で、収益を得れば良いのではないか。

もっと言えばＯＳＳを発展させることとは、協力する技術者にベーシックインカム的なことをするとか国家レベルで関係性を築くべきじゃないかと考える。そもそもソフトウェアという電子データはいくらでも複製でき、劣化しない。これを最大限長所と捉えて活かすなら、ＯＳＳとして開発した方が建設的に思う。難読化や暗号化、コピー防止技術でブラックボックス化に血道を上げるよりは、「複製できること」は利点として生かす方が有利ではないだろうか？　性善説に頼るようなライセンス形態は、無責任で危険性も感じられるかもしれない。その点のリスクを無視できてしまうのは、根っこの部分で「どうでもいい、崩壊するならいっそ全滅してしまえばいい」と思っている影響も少なからずありそうだが。逆に内部の実装を白日の元に晒すことで、多くの開発者が検証できる環境を整えられる。それは、セキュリティリスクの低減を推し進めるように思えた。

自分でもLinuxを試してみようと、「Plamo Linux」をインストールしてみたりもした。一応動作するようにはなっても、その先やりたいことが見つからない。すぐに飽きてしまって、Linuxのスキルを蓄えることはできなかった。大言壮語な思索に耽っても、独立してフリーランスで活動するなんて気概は持てない。実務経験も実績もなく確たる信念もない状態では、どうするべきか考えあぐねていた。

直接顔を合わせる人は、親しかいない日々。ずっとパソコンに向かっているだけの生活が続く。思うように仕事は見つからず、焦りと孤立感がじりじりと精神を蝕んでいった。専門学校時代の人に、たまに電話を掛けてみるが気を遣うだけで会話が弾まない。携帯電話は、卒業の前後辺りに買ってもらっていた。コミュニケーションの手段が増えても、有効に活かすことができなかった。

夜寝る準備が済んだ後はなるべく呼ばないで、用事がないようにして、と母に切り出される。それまで別々の部屋で寝ていた父と、寝床を共にするという。はぁ……そうですか。二人ともかなりの歳なんだが、そういうこともあるのか、と極力頭を使わないようにした。ただ、そんな歳になっても性欲に振り回されるのかと思うと、遥か未来の自分は一体どうなっているのか、想像したくもない。

身体のことでは、相変わらず父と平行線で重苦しい空気が流れていた。日光浴で庭へ連れ出されたり、マッサージされる度に固く目を瞑ってやり過ごす。自然と独り言が口を衝くようになって父を苛立たせ、いよいよ堪忍袋の緒が切れたのか怒鳴りつけられた。当然の帰結で、反論もなく沈黙を貫くことしかできない。ひたすら何も考えないようにしていた。

母が乳がんになり、入院することになった。初期だったと思うし、やる気なら温存療法もできたのだろうが、ばっさり乳房を片方切除した。治療が長引けば、私の世話に影響が出ると考えての判断だろう。そう考えると、また自分の存在に引け目を感じ、申し訳なくなった。「若い訳じゃないし」とは言っていたが、女性が乳房を切り取られるというのはどういう心境なのか。男にはどこまでいっても想像の及ばない状況だ。母が退院するまでの、父と二人での生活はあまり覚えていない。車が必要な時は、父方の伯母さんが協力してくれた。この人は親戚の中で一番付き合いがあって、よくお年玉をくれたり何かと親切にしてもらったりしていた。

彼女の息子を、私の父は実の息子のように接するものだから、複雑な感情を抱いた。やっぱり自分は出来損ないの不要な子供なのだと、改めて思い知らされた気がした。思い返すと、伯母さんの旦那さんを見掛けた記憶がない。離婚していたのだろうか。何らかの事情もあって、父は優しくしていたのかもしれない。

気の滅入る現実から逃げるようにYahoo!チャット、(縮めて「ヤフチャ」)やMSNチャットへ入り浸るようになる。これらのチャットは既存のものとは違って、リアルタイムで全員の発言が表示されて利便性が高い。ＩＣＱやＩＲＣもやってはみたが、使う機会はあまり多くなかった。

ヤフチャには十八歳未満お断りなアダルトのカテゴリーがあって、Ｗｅｂカメラによる映像配信が可能だった。画質は粗くカクカクすることが大半だったものの画期的な機能だ。回線がＡＤＳＬになると映像の品質も上がっていくが、いつ頃切り替えたかは覚えていない。

アダカテにくるようなユーザーは、ソッチのことしか考えていなかったと思う。暇を持て余していたり、注目されたりしたいような女性がカメラを有効にすると、映像を見ようとする人たちが一斉に群がり混雑は必至だった。ルームごとに最大人数が決まっていて、期待できる部屋は即満室だ。有志が補助ツールを公開していて、「空きが出た瞬間自動的に入れる」という登頂機能、なんてものまで出回っていた。

MSNチャットはテキストだけだったから、ヤフチャよりも落ち着いた雰囲気だった。自分で好きな部屋名を設定して、入室者を待つ。気分によってエロい話だったり、日常会話をしたり。同人ゲームを作ろうと誘ってくる人がいて、プログラムを担当することになった。本当に完成するのか半信半疑でも、他に生産的な目標のなかった私は、一縷の望みを託すような心持ちで応じた。案の定ではあったが、途中から音沙汰がなくなり企画は立ち消えた。

チャHといえば「チャットでエッチをすること」を意味した。女性っぽい名前の人へ片っ端から声を掛け、チャンスがあれば一対一のチャットでエロい会話に持ち込む。女性の振りをした男性（ネカマ）に引っ掛かってがっくり、気持ちもあっちも萎えるのだが、懲りずにまた相手を探した。自分も女性の振りをしてアカウントを作ってみると、物凄い数のチャットが来る。こんなにも大量に押し寄せる中から選ばれるのは、並大抵のことではなさそうだと圧倒された。それから同時に選ぶ方も大変だろうと、軽く同情する心境にもなった。

中学以来続いている、泌尿器科への通院。月に一度、留置カテーテルの交換を続けていた（これまでの間にも、何回か破砕のため入院もした）。あるタイミングで、カテーテルをやめて自己導尿へ切り替えることになった。どういう経緯でそうなったのかは、記憶が薄い。そしてまた、なぜそうなったか思い出せないが、この時の父の態度に耐えられず感情が爆発して、診察室で大声を出して激高した。人目もはばからず泣きながら、電動車いすで診察室からさっさと飛び出した。高校の時以上にもう終わった、どうでもいいという気持ちに駆られていた。

帰宅して、何度か用を足していると自尿（自力で排泄する尿）で大量に結石が出た。カテーテルは細いから排出できなかった結石が、膀胱に溜まっていた分だ。自分の身体からそんなに出たことに良かったと思う反面、気持ち悪かった。自己導尿の管理は煩わしかったが、自慰の時邪魔なものがなくなって解放感を覚えた。喜ぶポイントがこんな低俗なことしかない自分に呆れる。市販の尿瓶は大き過ぎ、両足の補装具が邪魔になって用を足すには扱いづらい。洗剤のプラスチック容器が、足の間にすっぽり収まり最適だった。

ある時から、自力で用を足そうとしても通り道が塞がってしまったかのように、尿が出なくなる。自己導尿の際もカテーテルを挿入する途中で、硬い物にぶつかる感触があると担当医に伝えても気づいてもらえない。実は尿道に結石が引っ掛かっていたと判明するのはずっと後のことだ。結石が取り除けるまでの間、自己導尿でしか排尿できなかった。そんな状態でもあっちの方は発射できるという、変な位置にはまり込んでいた。

病院で激しく衝突した後、腹を立てた父は私に対し貸し借りなしにしたかったのだろう。二十万くらい万札をまとめて投げつけてきた。株取引のため貸していた金だ。瞬間的に「てめえで借りておいてなんて奴だ」と、とても口には出せない暴言を心の中で吐き捨てる。親を親とも思わないくらいの憎しみは殺意に変わった。いくら憎かろうと、とても襲い掛かれる身体ではない。直接ぶつけられない殺意は自分自身に向けられた。あんたらが育ててきた「こいつ」を自分で殺してやる。今まで散々自殺願望を抱いても、実行に移さず抑制していたブレーキが緩む。際限なく湧き上がる復讐心から、本気で自殺を決意した。

ネット通販でカッターナイフを注文する。到着までの数日間、叩きつけられた金にも怒りをぶつけた。粉々に引きちぎり、ごみ箱に捨ててしまってはバレるから、手の届くところにあったCDの紙箱の隙間に詰め込んで隠した。カッターが届いた日、夕食を何食わぬ顔で済ませた後覚悟を決めた。

右腕の補装具を外し、ごみ箱を抱える。流れ出た血の末路を心配している時点で、どこかまだ理性が残っていることに自分でも薄々気づいていた。それでも殺意は止まらずカッターで手首を傷つける。もちろん痛い。ひっかき傷のようなしょぼい切り傷しか作れない。携帯電話のストラップを駆血帯代わりにして血管を浮かせ、さらに切り裂こうとした。何度も繰り返している内、力を入れるタイミングにあわせて牛の乳しぼりのようにぴゅーと血が出るようになった。もっと切らなきゃ埒が明かない、と分かっていても神経をばっさり断つほど深く切り裂く勇気は出ない。自分の意志はこの程度のものかと、悔しさと情けなさが胸中を満たす。

傷口を広げる気力は尽きてきて、もう今できている分の傷跡から可能な限り出血させてやろうと、何度も右手に力を入れストラップを引き絞った。ごみ箱が赤く染まる。むせ返るような濃い鉄の臭いは、生臭かった。急に寒気が襲ってきて、死を覚悟していたはずなのに、情けないことに恐怖で親を呼んでいた。

何事かと母が近寄る。血だらけのごみ箱を見て「やだ。何かしてるよお父さん」と狼狽えた声で父を呼ぶ。父は居間でテレビを見ていた。母の声に呼ばれて、慌ててこちらへ来る。とにかくごみ箱は取り上げられ、傷口を抑えられる。「砂糖水持ってこい」母が持ってくると私に飲ませる（対処法として正解なのかググっても不明）。寒い。身体の震えが止まらない。母は救急車を呼ぼうとするが、父は世間体を気にして様子を見ようとそれを止める。「救急車！　救急車呼んで！」死のうとした本人が叫ぶ。テレビのワンシーンならばコントのようで笑われそうだ。

死への恐怖もあったが、このまま家庭内で終わらせてたまるものか。この家のことを第三者に知らせたい。この期に及んで世間体が大事か。そんな気持ちも心のどこかにあった。ほどなく救急車が来て病院へ運ばれた。輸血すら必要ない程度で、手首を何針か縫って終わりだった。警察も来て、意外なほど優しく諭された。私はまるで、少年漫画の悪役から仲間に転じるキャラクターか、というくらい毒気が抜け素直になっていた。

その夜は、母が私の部屋で寝てくれた。もうこんな馬鹿なことはしない、と約束した。ここまでの騒ぎを起こしたのだ。もう親元で生活を続けるのは終わりにしたい。何が何でも一人暮らしをする。と口に出したかは記憶にないが、心に決めていた。父の考え方は変わらなくても、態度は軟化した。八つ当たりの犠牲になった哀れな万札たちは、母が形を整えて銀行で取り換えてもらった。

そんな騒ぎから少し経った頃、専門学校時代にプログラミングを習った先生から、某大学の情報システム課に呼んでもらえた。アルバイトという形で契約する。この日を境に私にとって先生は「課長」になった。学内用に簡単な電子掲示板があっただけのソースコードから、イントラネットシステムの構築を手掛けた。課長の下に私が所属するだけの部署。大学のサーバーでは、ＡＳＰ（エーエスピー）が動作している。当時のＡＳＰとは、VBScriptまたはJScriptを使って、サーバー側で必要な情報処理を実行する仕組みだ。VBScriptの分厚いリファレンスマニュアルを見ながら、ざっくりした仕様を聞き実装していく。

作業部屋はサーバー室。初日にはここで働くことになるんだと、とても感慨深いものがあった。常時涼しくて、暑がりで汗っかきの自分にとっては快適だ。鍵の掛かっている部屋で、鍵穴の位置が高くリフォームしてもらうまでの間、出入りの際は手伝ってもらっていた。課長が居ない時には、事務所の年配の女性が主に対応してくれた。というより課長が頼みやすかった人はその人だったのだろう。面倒事を押しつけられているように見えた。

業務中は課長の趣味で、ビートルズの曲が絶えず流れている。音楽を聴く習慣がなく、気に障るほどではないがあまり心地良くはない。親しみやすい曲は、すぐ脳内リピートが止まらなくなって、自分の思考の流れに土足で踏み込まれるような煩わしさが集中力を欠く。それが嫌で、自宅では無音でいる時間がほとんどだ。

昼食は主に学食で済ませた。課長と二人、もしくは他部署の課長と三人で食べる。おじさんに囲まれての、味気ない食事。二人が家族の話をするのも苦痛だった。両親ともうまくいっておらず、自分が家族を持つことはないと断定している。割り切っているつもりでも、さびしさを感じてしまう。妻子のいる人たちに、私のような「持たざる者」の心理はどうせ見えていない。周囲は、大学生が学生生活を謳歌している。表面上は愛想良くする自分にも、この状況の不公平感にも嫌気が差した。腹の底に淀む不満は排除しきれなかった。

仕事自体は、大きな問題も起きず順調だ。初めの内はソースコードの全体量も少なく、コーディングは容易だった。データベースはMS-Accessを使っていて馴染みがあったし、シビアな納期もない。試しに作ってみて、うまくいったら実運用、という緩い開発体制だ。「もうできたの、早いね」と褒められることもあって、胸のすく思いがした。本来なら、もっと考慮すべきことは山ほどあったのに、自覚するのは離職間際のことになる。

パソコンを新調してノート型を購入した。Ｗｅｂ系の技術についてキャッチアップしていると、ＰＨＰ（ピーエイチピー）が存在感を強めていた。のちに、Perlを越えるシェアを獲得するスクリプト言語である。ＡＳＰで動く言語は、他の言語より制約が多く書きづらい。

データベースも、システムの規模が拡大した時を見越すと、本格的なデータベース管理システムに変更したいと思い始めていた。通勤の行き帰りも暇つぶしにノートＰＣで作業できるように、手頃な段ボールを台になるよう手を加えた。

通勤中もノートＰＣを使って、大学のシステムとそっくり同じ動作になるＰＨＰ版を作ろうとした。作り込んでも実現しなかったものの、違った言語とデータベースシステムを学ぶ良い経験にはなった。しばらく後になってから、学生用にXOOPS（ズープス）を使うことになった時、触っていて良かったと実感する。これはＰＨＰで動く、会員制Ｗｅｂサイト構築用システムである。

プログラミングは楽しかった。私の実装したコードが、大学のサーバーで想定通り動くことに優越感を持った。ただ、排除しきれない心の中のもやもやは少しずつ膨らむ。大きな転機が訪れるのは、しばらくこの生活が続いた後だ。身体は悪いままでも、精神的に課題を抱えていても一人暮らしを始めることになるのだった。

八、二十代（一人暮らし）

　大学に勤めだしてから、一年程度過ぎた頃だったろうか。役所のチラシを母がもらってきた。障がい者向けの福祉アパートができるという。グループホームに近いようだ。一も二もなく飛びつき、説明を聞きに行った。アパートそのものには身の回りの介護をする常勤職員はいない。同じ系列の居宅介護事業所と契約して、そこのヘルパーが身の回りの手伝いをしてくれるということだ。生活支援相談の事業所とも契約して、相談員のAさん（としておく）が担当してくれることになる。

　まったく新しい環境でも、不安はあまり感じない。早く実家から抜け出したい意志が強く、高揚感が先行していた。そして周りに誰もいない時間帯、極力困らないためにはどうしたらいいかを考えた。

　一人で手が届かないところや、落ちた物をある程度拾い上げられるように、手頃な木製丸棒を常に携行しようと思いつく。市販のマジックハンドは、非力な腕では扱いきれそうにない。ＤＩＹで使う棒を利用して、軽くて実用的な道具を作った。一方にはゴムの蓋を細い釘で固定して、滑り止め兼引っ掛かりとした。自己導尿で使っている消毒液の中蓋が、大きさも形状も最適だった。逆側の先端には、小さい輪のついたネジを差し込んでゴム紐を結ぶ。車いすにゴム紐を括りつけて、万一落としそうになっても手元へ引き上げられるようにした。これは思いの外万能で、一時的にガムテープをつけてトリモチのようにすれば小さい物をくっつけて拾い上げたりできた。

部屋の間取りはワンルーム。流石に福祉アパートだけあって、バリアフリーが行き届いている。入口、トイレ、浴室それぞれの境界線は引き戸で段差もない。床はフローリングで、床暖房までついている。もっとも、暑がりの自分には過剰な設備だった。部屋を入って左手に収納、キッチンと並んでいる。車いすの高さに合わせるように低く作られていて私でも手が届く。トイレは、壁についている操作パネルからも水が流せた。丁度あの「丸棒」を使えば自分で流せそうだ。隣の浴室も、それなりの広さが確保されている。部屋の奥に、電動でリモコンつきのベッドを置いた。手元で自由に角度調整ができるものだ。トイレやお風呂で座っていられるように、福祉用具もオーダーメイドで作った。

ヘルパーの利用には福祉制度を使うので、役所に申請を出す。各自の障がいに応じて一か月単位で最大何時間まで、と決められた時間数（支給量）の分だけ訪問してもらえた。トイレ介助や入浴介助などの身体介護は男性ヘルパーが、食事の用意といった家事援助は主に女性ヘルパーが世話をしてくれる。介護事業所から男性が四人、女性が二人くらいローテーションで来てくれた。中には若い上にかわいい女性（Bさん、としておく）もいて、正直信じられない気持ちだった。ラブコメみたいな展開がある訳ないものの、こんなワクワクする生活になっていいのかと最初は期待した。

通勤に関しては、とんでもなく大掛かりなことになった。ヘルパーを使う移動支援は、原則として職場への通勤に使えないため、最寄り駅までだけ送ってもらう。この方法だって、グレーゾーンだ。現実的な手段は限られていて、苦肉の策だった。駅から電車に乗り、一本乗り継ぐ。乗り継ぎ先の駅からは、バリアフリーの巡回バスで移動する。バス停は大学に併設された短大の前だった。そこそこの距離を電動車いすで走って、ようやく大学へ到着だ。逆算したら、朝四時か五時ぐらいに起きて準備しないと間に合わない。

確か週に三日、そんな無茶を受け入れて仕事を続けた。明らかにやり過ぎの域だ。頑張れば報われることと、報われないことがある。この場合、確実に後者だった。それでも親から距離を置きたい一心で、他の犠牲は省みることができなかった。新生活への高揚感と、「自分さえ耐えれば解決する」と安易な忍耐を許容してしまう自罰的な考えも、冷静な判断力を鈍らせていたのだろう。一度電車で、修学旅行か何かの集団に遭遇した。相手の持ち物が私の車いすのどこかで引っ掛かり、力任せに引っ張られ満員電車の過酷さをほんの少し体感したこともある。

通勤に使い始めたバスは、受診していた病院も巡回経路に含まれていた。一時期は一人で通院もする。移動支援は、恐らく通勤で使い切っていたからだ。今になって思うと、通院は別枠で申請できたのかもしれない。仮にそうだとしても、誰にも頼りたくない意識が働いて結果は同じだったように感じる。

親と顔を合わせる機会はめっきりなくなった。しかし環境が変わり人生で一番自由になったはずなのに、心は満たされなかった。表面上取り繕えても、深い部分に根を下ろした陰キャ属性が思考と行動力を鈍らせる。

息の詰まる経験ばかりしてきて、突然世界が開けてもどう生きればいいのか分からない。何がしたいか考えてみても、思いつくのはエロいことか自殺することだけだ。誰かに教わるようなことではないことに戸惑い、要領良く生きることができない。施設や親元という、極めて狭い世界での生存スキルにばかり経験値が割り振られてしまった。用途が限定され過ぎて、応用できない。他のスキルを育てるには歳を取り過ぎ、適度に経験値稼ぎのできるフィールドがどこに残されているというのか。恋愛という概念自体を、自分には存在しないものとして無視し続けてきたツケが回ってきた。女性と接する時の、自然体が分からない。心理的に八方塞がりだった。そしてまた、そういう状況に置かれていることにも無自覚でいた。初めて通る真っ暗な夜道を、懐中電灯もなく彷徨っているような感覚だ。

患者会があることは知っている。ただの一度も参加したことはないし、今後も参加する気はない。私のような体型の人が大勢いる中に混ざって十把一絡げにされたくない。「もっと早く参加すれば良かった」と、今までの苦労が無駄だったと後悔するのではないか、という怖さもある。

障がいを受容できているとは程遠い。勉強に勤しんだり一人暮らしをしたり、働いたりしていることは、現実から逃避し続けた結果だ。逃げ場が学業と、親のいない暮らしと、そしてプログラミングだったというだけの話。褒められたり尊敬されたりしたところで、何も嬉しくはない。極端な謙遜は、劣等感に限りなく近い。仕事以外満たされない心を持て余し、ただ恥の上塗りを重ね続けていく。

ヤフチャでの行為はエスカレートしていった。見るだけでは満足できずWebカメラを買って自分も映すようになった。実家を離れ、その気になれば声を出すことも支障がない。それなのにずっとテキストチャットがメインだったせいで、どうやらリアルタイムの音声通話が一層苦手になったようだ。聞いた内容を脳内でワンテンポ消化しないと、意思表示ができない。そんなことをしている内に周囲では話が進んでしまう。別に言語障害がある訳じゃないが、言いたいことがあってもタイミングを逃し口を開けずに終わったりする。早口な人、関西弁の人は特に辛い。ゆっくりペースを合わせて喋ってくれる人だと安心する。しかし、それはそれで何を話して良いか分からない。話し下手な自分がつくづく嫌になる。

相互にカメラを使えることは稀で、大体こちらが見せるだけの一方通行な状況が多かった。相手の性別も不確かなままだから、割とよくネカマに引っ掛かる。何度も繰り返す内に、疑心暗鬼で慎重になるのも煩わしい。好んで同性としたいと思わないが、最初から騙されていると覚悟してしまえばダメージは少ない。耐性がついて、相手の性別に頓着しなくなっていく。相手が男かもしれないという前提を持ってチャットするようになっていった。

ある日ヤフチャでお楽しみ中、いきなりBさんが部屋に入ってきた。びっくりして慌ててあれを隠す。下着の中へ引っ込める余裕もなく、さっとズボンで覆うのが精一杯。……泣いている。しかも私服。ピンク色の脳内を切り替えて、状況が掴めないなりに推測すると、勤務中ではないが何かあって家に駆け込んできたようだ。股間の収まりの悪さに気を取られつつ、どう声を掛けたらいいか分からず五分くらい経ったろうか。他のヘルパーが来て、一緒に部屋から出て行った。

一体なんだったのか。気の利いたことの一つも口に出せない自分が、情けなく腹立たしい。しかしあんな風に自分のテリトリーに入ってこられて泣きつかれたら、誰だって動揺しないだろうか。親身に寄り添えていたら好感度が上がった？　そんな下心を持つ自分も汚らしいと思った。

充足感に欠ける日々で、テレビを見てもまったく楽しめなくなっていた。平和を楽しむ人々が都合の良い情報を垂れ流し、それを鵜呑みにする視聴者が、無責任に笑っている。その輪の外から無感情で、ただ傍観するだけの自分。

ベッド上ではパソコンを扱える状況になく、毎晩暇を持て余して携帯電話からアクセスできるチャットにのめり込んだ。この頃携帯電話はFOMAが流行りだし、テレビ電話が使えるようになった。携帯のチャットで知り合った年上の女性と、携帯を使ってまでも相互に見せ合いをして通話代が跳ね上がる。相手がパソコンとWebカメラを持ってさえいれば不要な出費だというのに、一か月で数万円支払ったこともある。さらにその上、技術的にはホームページがベースとなっている、目新しさの欠片もない携帯用ゲームに入れ込み過ぎた。一番酷い時には、五万円を越えた月もあった。私のように散財する人はどのくらい存在したのかと考えたら、携帯キャリアはさぞ儲かっていたことだろう。

深夜までチャットに没頭する内、常連の部屋ができる。雑談が中心のチャットルームだ。しばらくすると美容学校に通っているという子と懇意になった。嫌われまいと極力常識人として振舞う。写メを見せてもらうとすごくかわいい。半信半疑でもチャット上でのやり取りを重ねると、次第に情が湧くものだ。

まだヘルパーが訪問している朝の時間帯に、どうしても避けられなくて電話で話すことがあった。自然に普段とは違う、柔らかい口調と雰囲気が出て、話し相手が誰なのか勘繰られる。気恥ずかしさもありながら、世間一般と同じになれた気がしてまんざらでもない。しかし思い出せないくらい些細なことで喧嘩して、相手はチャットに併設されている掲示板で謝ってくれていたのを見落とした。そんなこととは露知らず、辛く当たってしまった後でその書き込みに気がついた。

物凄く後悔して、悲しくなったことだけは記憶に残っている。紆余曲折あって面倒事に限界を感じ、もう終わりにしようとした。相手も別れたくないと言ってくれたが、これ以上は傷つけ合うだけに思えて続ける自信がなかった。一度もリアルで会ったこともなく、別れるも何もないものである。それでも恋愛絡みで後にも先にも、一番泣いた出来事だった。

月に一回程度、福祉アパートのサービスとして大型ショッピングモールに送迎してくれた。午前中、開店直後の時間から夕方まで、自由に店を見て回った。どこもかしこも、周囲の家族連れやカップルに目が留まる。孤独な状況を意識せざるを得なくて、心がじくじくと刺激された。極力意識に上らないように、目を背けなければやっていられない。

相乗りした他の利用者とも、特段親しい訳でもなく一緒に行動することはない。誰か誘って待ち合わせようにも、そんな風に呼びたい知り合いもいなかった。そもそも、そうやって連絡を取るという選択肢が、私の意識の中から欠落している。

ウィンドウショッピングするのにも、夕方までは時間があり過ぎた。映画館も併設されていたので、適当に話題の映画を観て時間を潰す。映画といえば成人の日を思い出す。あの時と比べたら、天と地ほどもある気楽さだった。ポップコーンとビールをお供に、人並みの幸せらしきものに身を委ねる。アルコールの力もあって、感動して涙腺が緩むこともあった。それでも満足感は得られない。美男美女が美談を演じれば、感動するに決まっている。あざとい欺瞞にしか思えなくて、すぐに冷静さを取り戻す。才能と環境に恵まれた、制作陣への羨望に心が掻き乱される。「俺だって環境が違えば、こんな人生じゃなかった」と、詮無いことを考えてしまう。子供の頃によくある万能感を、いつまでも引きずっていた。

敷地内の大型スーパーは福祉サービスが進んでいて、障がい者や高齢者は入口で連絡すると、店員が付き添って買い物を手伝ってくれるシステムがあった。かわいい店員が付き添った時、内心では神経をすり減らし緊張しながら話してみると、理学療法士を目指している学生だという。障がい者にも理解があるかと、つい魔が差して電話番号を渡したが、連絡はもらえなかった。

大学からの帰り、一度だけ移動支援の範囲内でBさんとケンタッキーに行って、勝手にデート気分になっていた。勘違いも甚だしい。直接面と向かって告白する勇気もないくせに、メールで好きだ何だと言ってみても相手にされなかった。相手にされなかったばかりか、一年半程度経った頃ダメ押しのとどめを刺された。

ヘルパーの飲み会があって、そこに混ぜてもらえることになった。居酒屋に入るのも初めてのこと。見るもの全部が新鮮で、心が弾んだ。良い思い出になったのはここまで。個室に通されると、既にみんな集まっている。そこで目にしたのは、赤ん坊を抱いているBさんの姿だった（後から合流したのかもしれない）。その瞬間、思考回路はフリーズした。結婚していることもその場で初めて知った。まさか結婚しているとは知らなかった。しかも、子供もいるなんて。ある時期から仕事にこなくなっていたが、産休だったのか。まったく気づかない自分もどうかしているし、ひとことも教えてくれなかったことがショックだった。付き合っていた間柄ですらないくせに、リアルな色事に耐性ゼロの私は目も眩むような衝撃を受ける。脳が破壊されるとは正にこのことだ。

飲み会が終わるまでの間、なるべく平静を装うのに必死だった。顔は引きつっていたのではないかと思う。泣き出さなかったことを、自分で褒めてやりたいくらい泣きたかった。飲みの話に誘い、連れてきてくれたヘルパーを内心恨んだ。その恨む気持ちさえ萎えていくほど、ダメージが大きい。痛恨の一撃である。脳が破壊され尽くされたのか、帰ってきてから涙は出なかった。

何の変哲もない、ただの失恋だ。失恋というには片手落ちなくらい中途半端な。Bさんのことが好きだったのか。そう問われれば、そうだと答えるしかないのだが、恋と呼ぶにはあまりに未熟だった。立ち直れているのか、今でも分からない。十五年以上は前の話なのに、こうして話し相手不在の活字で綴るのが精一杯。笑って話せる気がしないのだ。

一度同級生のBくん、Cくんを自室に招いた。引っ越したことを知らせたか何かで成り行きのまま誘う流れになった。手土産にお酒を買ってきてくれた。自分の中では、まだわだかまりを消化できていない。思い出話をしたりするも、私にとっては表面上だけのことで、気疲れの方が強かった。

後輩を呼んでマジック・ザ・ギャザリングに興じた。過去にしがらみのない関係性で、いくらか気楽に振舞える。当時のルールで対戦して、懐かしく楽しめた。……が、それだけで終わらなかった。年配の入居者からおすそ分けをいただいたが、これが嫌いなものだったらしく無理に我慢して食べたとか。後から分かって余計な親切をしてくれたものだと思った。しかもカードを使ったゲームを見て賭け事かと茶化されるし、私のことを「仲良くしてやってくださいね」というように親心だか何だか知らないが、そもそも知り合いなので大きなお世話である。白けた感情を隠して愛想笑いをするしかなく、後輩に対し微塵もフォローのできない自分が心底情けない。そんなトラブルがあって、また呼ぼうという気力はなくなった。

休日に自力で少し遠出して、デパートをぶらついたこともある。いつも母に連れられて遊んでいた思い出に浸りながら、一人で同じ店の売り場を見て回ることに新鮮さとある種の感慨が湧く。何回か行った時、声を掛けられた。あまり見覚えのない顔で言葉を失っていると、その人は施設の医師だった。代替わりしていて、彼は施設長の息子。向こうは見覚えがあった素振りで、「何か困ったことがあれば来てね」と言ってきた。しかし、もう施設と関わり合いになることはないだろう。適当に返事をしてその場を後にする。

彼には何の落ち度がなくとも、私の中では苦渋の日々にあえぐ記憶ばかりが蘇ってくる。こちらの気も知らず、どの面を下げてほざく。と、口汚い罵声ばかりが心の中を埋め尽くす。そうやって濁った感情を抱く自分に対しても嫌悪感を抱き、ますます泥沼にはまる。知人を呼ぶこともなくなって、高校の同窓会もなくなると施設の関係者と接する機会は先細っていった。

独りで過ごす大型連休中、勇気を出して専門学校時代にクラスメイトだった女性へ電話を掛けた。この程度のことでも勇気が必要なほど、実に私の精神構造はおかしなことになっていたのだ。電話に出た彼女は親戚と集まっていて、また後で電話してほしいと言われた。周囲から賑やかな声が漏れ聞こえてくる。情けないことに、ただこれだけのことで私のメンタルは致命傷を負った。一般人とは根本的に住む世界が違うのだと痛感した。未練がましくまた電話をしたところで、きっと自分の希薄さを自覚させられるだけなのだ。二度と掛けるまいと、アドレス帳から速攻削除した。普段冷静な人間風だが、追い詰められると衝動的に二者択一の極端さに走ってしまう性質は、小学生時代に証明済みだ。

近くのコンビニで、かわいいアルバイトの子が立つようになった。その子目当てで、晩酌のお酒とつまみを買うのを口実に足繁く（車輪だけど）通う。青が好きだし糖質オフなのも体に良さそうだったから、買うのは決まってアクアブルー。ダメ元で連絡先を渡そうとするが手間取っている内、店長に見つかって決まりが悪い思いをした。もちろん連絡なんてもらえなかった。普段の慎重さが全然発揮できなくて、情けないことこの上ない。わざわざコンビニまで行ってお酒を買う理由もなくなり、飲酒の機会も減っていく。割高なコンビニで買わずとも、スーパーでまとめ買いすれば充分だ。入浴後には飲んでいたが、酒が大好きというほどのこともなく、なければないで平気だった。

携帯で気を紛らわせるのもマンネリ化して、ベッド上でもパソコンを使いたくなる。ベッドサイドテーブルを買い、ノートＰＣを斜めに固定できるように工夫した。既製品を買うという発想がまったくなく、そういう用途に合う商品を検索する発想もなかった。なんとか雑貨を組み合わせ、安上がりに作れないか考えを巡らす。材料は木材と針金、それとミニバイスを二個。ミニチュアサイズのような、手回しの万力だ。それらを組み合わせたパソコン台を、ヘルパーに手伝ってもらって自作した。

尿瓶だけでは尿が溢れかねないので、手元からポリタンクへ溜まるように細工する。ジュースを飲み終わった後の、大きいペットボトルが使えそうだ。真ん中で上下に切り分けた上半分を逆さにして、漏斗に見立ててホースと繋ぐ。寝ながらパソコンもできて小便もその場で足りる、お手製の「人をダメにするベッド」が出来上がった。

この頃か、もう少し前後していたかもしれないが、レッドストーンというMMOに手を出した。多人数が、同じ空間を共有して遊ぶタイプのオンラインゲームだ。平たくいえばネットゲーム。略してネトゲ。ここからがネトゲで人生を狂わす邂逅だった。少しずつハマり、寝食を忘れてプレイするようになっていく。人をダメにするベッドと、人をダメにするネトゲで最強に人をダメにした。

経験値稼ぎに好都合な場所は「美味しい狩場」として取り合いに巻き込まれたり、順番待ちの整理を買ってでたりする。夜中までレベル上げに明け暮れ、そのまま寝落ち。朝、目が覚めると狩場に一人野ざらしで死んでいたり。仲の良くなった特定の女キャラクターと一緒に行動することもあった。操作しているプレイヤーが、本当に女性かどうかは不明でもついつい親切にしてしまうのは悲しい男の習性だ。

大学の、作業用のパソコンにも入れて昼休みにプレイした。今なら仕事で使うパソコンにゲームを入れるなんて言語道断、完全にアウトだろう。当時は管理がゆるゆるだった。キャラクターが数百レベルともなると、レベルアップに必要な経験値はうなぎ上りで増えていく。快適にプレイし続けるには、課金アイテムが必須になる。リアルマネーで購入するアイテムだ。使用すると一定期間、経験値増加ボーナスが得られるものや、その他ゲーム内で有利になる品が売られていた。課金なしでの限界を悟ると、急に熱が冷めるのだった。

デイトレードが持て囃されだしている頃で、試しに複数の証券会社に登録した。五十万くらい使ったが、何も考えずライブドア株を買って紙屑になった。他にも買っていた株は下落したり管理銘柄になったりで、時価総額は目も当てられないことになっていく。やる気もなくなって、ずっとほったらかしだ。

オンラインカジノも試してみた。二十万くらいスッたところで面白味を感じられず、すぐに止めた。ギャンブルにのめり込む性分ではないらしい。猜疑心の塊で、リスクの高いことは好まないのだから当然か。

性的好奇心に抗えず、デリヘルに電話を掛けた。一般のアパートとは違う、福祉アパートに呼んでもいいものかという後ろめたさがあった。管理人さんはアラサーの男性で、普段も気さくに話していた。それとなく聞いても「まあ、いいんじゃない」みたいな感じだった。風俗を使うこと自体へのためらいもある。ネット上のホームページには色々な店があってどれがいいのか分からない。何度も見て逡巡し、結局緊張しながら携帯を握りしめる。こちらの状況を伝えると、断る店もあった。夜遅くは、アパートの玄関は施錠される。呼ぶなら日中しかない。そうなると、直前に風呂へ入って待っていることもできない。ヘルパーが夜、入浴介助してくれた翌日に予約を入れるのが精一杯だ。ちょっとくじけそうになりながら、欲望に突き動かされて諦め切れずに電話した。応じてくれた店の受付で、喉の渇きを感じながら予約する。

派遣された女性は、若くてそこそこかわいいが、素っ気ない感じだった。取りあえずベッドに腰掛けてもらう。私は緊張のあまりパソコンデスクの前から動けないでいて、どうしていいか分からない。向こうからリードしてくれるのかと待っていると、何もない。たどたどしく会話をするだけで、時間切れになった。相手にとってはさぞ楽な仕事だったろう。情けなさ過ぎて記憶の彼方に消し去りたかった。怒るよりも、初対面の若い女性が同じ空間にいる緊張感の方が強く、終わってほっとしていた。

次に呼ぶ時はベッドに寝た姿勢で待とう、と決めた。毎朝、ヘルパーに電動車いすへ移乗してもらうところを、その日は適当に理由をつけてベッドのまま過ごす。二回目は別の店に電話して、今度は三十代後半くらいの人だった。落ち着いていて、優しい雰囲気。緊張が和らぐ。デリヘルは本番無しが基本である。入れるとしても後ろを使う。それにはオプション料金が別途必要だ。お金は掛かるが、そうしてほしいと伝える。すると前でもいいと言ってくれて、それが初体験だった。

これはそういう本にしたい訳ではないので、これ以上生々しい描写は避けよう。そもそもテンパっていて、詳細に描写できる記憶も残っていないのだが。事が済んでしまうと想像していたよりずっと、呆気ないものだった。挿入する行為そのものに殊更快感はなかったが「人並みのことができた」という事実が、純粋に嬉しかった。あれのことを褒めてくれたり身体を重ね合ったりする体験は、脳内に未だかつてないほど強烈な多幸感と充足感を刻み込んだ。もちろん喜ばせるのが仕事なんだから、いくらでも褒めるだろう。きっと演技に違いない。それでも承認欲求が満たされていく。生きていて良かったとさえ思ってしまう。

あまりにも満たされ過ぎた感覚に、間を置かず頼んだら際限なく深みにハマってしまいそうだ、と直観的に怖くなった。しばらくの間はやめておこうと、数か月は我慢しただろうか。葛藤の末再び電話した時、その人は辞めてしまっていた。もうちょっと早く頼めば、再会できただろうかと悔やむ。

それ以来、段々慣れてきて遊び方に節操がなくなる。週に三回来てもらったり、満足できなくて一日に二回呼んだり。私にとって性欲が満たされる行為は承認欲求と深く結びついていた。自分の快感よりも、相手が褒めてくれたり気持ち良くなってくれたりすることで心が満たされる。その場しのぎと理解しつつ、自己肯定感を得られた。

お金が無限に湧いてくる訳もなく、ある程度のところで呼ぶペースは抑えるようになった。そもそもドケチなので、散財した事実がストレスだ。容姿が平均的で、ちょっと優しくされたら情が移ってしまう。段々終わった後の虚しさの方が強くなってくる。私には風俗で割り切って遊ぶことは向いていないと思い、ぱったり利用しなくなった。そういう心境になるまでには授業料も結構払って、数年の歳月が必要だった。

側弯の悪化が気になり、福祉用具の判定医へ相談に行った。クッションを切り出した跡の削りカスをチューブ包帯に詰め込み、それを尻の横へ押し込んで重心のずれを支えたらどうかと渡された。チューブ包帯は、ギプスを巻く前に使うストッキングのようなもの。骨折ばかりしていた私にとっては、馴染み深い衛生材料だ。後は段差に乗り上げて前輪を浮かし、定期的に体圧分散をしろということだった。

正直なところ用済みのごみを渡され、適当に帰されたとしか思えない。もっと食い下がり、強気に訴えるべきだっただろうか。税金が使われる負い目から、何も反論できずに終わる。大して役立ちそうにないが、仕方がないので使うことにした。指示を鵜呑みにするのも癪に障る。気休めでもいくらかマシかと、前輪を浮かせるためにホームセンターでゴム製の段差スロープを二つ買って、大学と自宅で使った。

課長が数日不在になった時は、昼食を事務局で済ませた。若い女子職員が、二人してパソコンを前に何か困っている様子。下心も後押しして、緊張しながら近くへ寄ってみる。デスクトップの壁紙に設定したい画像があるようだ。「何だそんなことか」と思いながら手伝ってみると意外と手間取ってしまう。休憩時間も終わりに近い。段々焦ってきて、ペイントソフトを起動したり色々と細工をして、なんとか目的は達することができた。普段見慣れないであろう操作を、私が素早く次から次にやるものだから、見守っていた二人は終始ぽかんとしていたと思う。これを契機に親しくなるような雰囲気とは程遠い。業務時間が始まってしまっていて、慌ててサーバー室に戻った。ただの便利屋になっていただけで、後味の悪さだけが残る。

仕事帰り、短大の玄関で巡回バスを待つ。なかなか時間通りにバスが来ない時もあった。一人ぽつんと佇む私を見兼ねたのか、課長が便宜を図ってくれたのか。事務局の人が声を掛けて招き入れてくれた。大学の事務局よりも、こじんまりしている分どこか牧歌的で落ち着く感じがする。しばらくそんな感じで、バスの待ち時間を短大の事務局で過ごすことが日課になった。その時間が少し楽しみになった矢先、声を掛けてくれた女子職員は寿退職していった（産休だったかもしれない）。

別に恋愛関係に発展したい訳ではなかった。それでも若い上に私と関わってくれるような、人間的に成熟している人はとっくに相応の相手を見つけているのだ、という事実にぶち当たってがっくり肩を落とす。コミュ力に乏しく容姿もパッとしない、障がい持ちの私に優しくしてくれる女性は、相手がいて満たされ精神的に余裕のある人か、年配の人しかいないのだと思うようになった。

交通機関を乗り継ぐ通勤は、今風に表現すればサステナブルな生活ではなかった。いつか破綻する予感を感じながら日課をこなす日々。右上腕に痛みが出てきて、それが大病を患う切っ掛けになる、最初の不調だった。

九、二十代（長期入院、他）

それまで、危うい均衡を保って続けていた電車通勤。右腕の故障は、足への負担に繋がっていく。肘を突いて体勢を正すことが難しくなり、右腕が治る頃には右大腿部の疲労は限界を迎えていた。とうとうある時、ベッド上で激痛に変わる。ああ……これは折れたな。どうしよう。なるようにしかならないか。と申し訳なく思いながら、管理人室に繋がっているブザーを押し、事情を説明した。確か、ヘルパーが数人掛かりで事業所の車に乗せてくれて、病院に運ばれた。そのまま入院になる。これが人生で最悪の容態を経験する始まりだった。

骨折での療養は何年ぶりだろうか。施設を退所してからは時々痛む箇所はあっても、骨折らしい骨折はなかった。そういう意味で、実家にいた時の生活リズムは分相応だったと認めざるを得ない。入院直後は眠気に誘われ、うとうとしてもズキっとした鋭い痛みで目が覚める。懐かしくも忌まわしい時間が過ぎていく。なんとかここまでやってきたのに、大学の方はどうなるのか。身体より仕事の心配をした。

一人暮らしになってから初めての骨折で、実家に対しての敗北感や回復後の生活がどうなるかという不安が強い。今回に限って骨の痛みは、重苦しい思考の流れを断ち切る効果を発揮しなかった。複雑な感情に混じり自己嫌悪と自殺願望が頭をもたげる。リストカットの一件以来、行動に移す意志はないが確実に苦しまず死ねるチャンスがあるなら、死を選びたい意識は心の底に淀み続けていた。

患部の固定はギプスを使わず、腰からつま先までカバーできる自前の補装具で賄えた。骨折に関して特筆することは他に書きようもない。それまで嫌というほど経験してきたように、ただ寝ているだけだ。そうして病院のベッドで安静に、一か月以上は経っただろうか。問題はこの後に起きる。

骨折が治り掛け痛みも薄れてきた頃、何の前触れもなくショック症状を起こした。夜、消灯時間をとっくに過ぎたくらいに、何ともいえない異変を感じる。看護師を呼び、水を飲ませてもらうが激しく咳き込み嗚咽を繰り返す。意識が朦朧として前後不覚、というより重力方向の天地と、仰向けの姿勢の頭側とつま先側の方向感覚も狂ってしまったように感じる。身体の背中側がベッドへ溶け出し、ゲル状になっていくようなリアルな感覚。そのまま全身がベッドシーツに流れ出て一体化するような恍惚感。今まで感じたことのない、またこの先同じ感覚が得られることはないような浮遊感。とっくに死んでしまって、駆け寄ってくる看護師が天使かと錯覚する。やっと現世が終わったか。あるいは別次元へ弾き飛ばされ、意識だけパラレルワールドに移動したような妄想。ライトノベルで異世界転生というジャンルが爆発的に流行る前、そんな奇怪な意識に囚われ、一気に高熱が出た。

自分では理路整然と喋っているつもりで、意味不明なことを口走っていたようだ。ドラえもんがどうとか言っていたようだが、後から聞くと恥ずかしさで耳を覆いたくなる。当時、恐らく二十五歳。思い出せる限りの状況はこんなところだ。

左の尿管が、結石によって完全に閉塞してしまった。腰まで補装具をしていて動きが制限され、圧迫されていたからかもしれない。それと排石を促す漢方を自分で買ってせっせと飲んでいたが、中途半端に出やすくなった結石が移動した可能性もあると思っている。だとすれば、苦労が仇になった。左腎の尿が行き場を失い腎盂から細菌に感染、敗血症を引き起こしていた。当時意識が戻ってから聞いた話では、致死率四割だという。

時間感覚もおかしくなり、何日経ったのかよく分からない。両親は万が一も覚悟するように言われていたようだ。点滴から何種類もの抗生剤が使われた。左腎に溜まった尿を排出するため、背中側、腰から腎臓へ針を刺すと医師から説明を受ける。皮膚から内臓まで直接針を刺されるなんて治療は、今まで経験がない。聞いた瞬間身震いした。病室のベッド上で何本か局所麻酔を打たれ、その後本命の針だ。腎臓に達すると、チューブからチョコレートのような色をした液体が出てきた。応急処置として細いチューブが背中に留置され、後日改めて腎瘻（ろう）造設術が予定される。

施術の日、手術室で右側臥位に固定された。病み上がりどころかまだ病んでいる真っ最中だ。これから始まる処置に思考を巡らせ、頭の中は恐怖と不安で埋め尽くされる。いっそ全身麻酔で寝ている間にやってもらいたい。そんな甘い希望は通らなかった。元から全身麻酔を必要とするような手術ではないらしく、しかも全身麻酔そのものが無視できないリスクになるくらい、容態は悪化していた。観念するしかない。

冷たい消毒液に浸された大きいガーゼでたっぷり消毒され、何回も入念に局所麻酔を打たれる。それから注射よりも太い針が刺された。麻酔は効いていても、皮膚が押し開かれるような圧迫感は伝わってくる。続いて、ブツっと腎臓に異物が侵入してくる感覚が分かってしまう。内臓を抉り貫かれるような違和感。思わず悲鳴を上げる。痛覚とは違うが痛いと表現するしかない。前回と比較にならない苦しみ。何倍も太い針なのだろうかと思うほどだった。実際の太さは分からず終いで、それがさらに不安を煽る。

なおも貫通した後の通り道を拡張するため、もっと太い鉄の棒を突き込まれるような感触が襲ってくる。筋膜ダイレーターという医療機器らしい。背中で何が起きているのか、まったく見えない。それが余計に恐怖を掻き立てる。再度、皮膚に挿入される時と、腎臓に突き刺さる時の二回抉られる感覚がした。ありったけの声を絞り出し、悲鳴を上げてしまう。恥ずかし気もなく、赤子のように泣き叫んでしまった。刺殺される時はこんな感じかと想像する。侵入経路が拡張し切るまで、機材を刺したまま待機。気の遠くなるような時間だった。まるで拷問だ。実際には何分経っていたのだろうか。少しずつ落ち着き、悲鳴も弱々しくなった頃。ようやく刺さっていたものが引き抜かれると、留置カテーテルが入れられ手術は終わりを迎えた。

背中に常時カテーテルが留置されている状態は、それだけで慣れるまで怖かった。全身状態は良くならず、中心静脈栄養法（ＩＶＨ）を受けた。現在はＴＰＮと呼ぶようだ。施設時代にＩＶＨを定期的に受けている幼児がいて、かわいそうになんて思っていたのに、まさか自分が受けることになろうとは。首の太い静脈からカテーテルを入れ、高カロリー輸液を点滴される。意識は戻ってきたが、急に閃いた気になって「構ってもらいたくて自分で病気を作った」などと大真面目に考えて、母に「もう大丈夫だから」とか言い出したりどこかまだおかしかった。生まれついての骨形成不全症はともかく、便秘や泌尿器系のトラブルを考えると多少は真理を突いていた気もする。

高熱がなかなか下がらず、今度はＩＶＨが感染源になっている疑いが出て抜去した。何か書いている通り汗っかきなため、首の挿入部に細菌が繁殖しやすかったのではないか。食事も再開して、一時快方に向かった後でまた熱発。今度はインフルエンザに感染した。

悪くなるだけなって、やっともう大丈夫というところまで持ち直す。そもそも骨折で長期間安静にしていたので、車いすに乗るのも容易にはいかない。きちんとしたリハビリが必要だ。理学療法士は二、三人お世話になったが美人ばっかりで、別の意味で辛かった。背中には慣れない腎瘻が入っているし、流石にあっちの元気は控え目だがまったくない訳もなく、普段から異性に飢えている身にはこれも拷問に等しい。

九死に一生を得て、聖人君子のような心持ちになったかと思っても、少し間が空けば結局頭の中は変わらない。女性が相手にしてくれる訳がないと諦めているくせに、雑念と妄想だらけだ。せっかく拾った命に対しても、感謝より生き延びたことへの嫌悪感が強かった。馬鹿は死ななきゃ治らない、とは良く言ったものだ。

入浴後に腎瘻のケアが必要なため、週に三回、訪問看護も利用することになる。カテーテルの挿入部を消毒してもらい、ガーゼを貼りかえる。二十四時間貼りっぱなしで蒸れるため、しょっちゅうかゆみに悩まされた。夜に訪問してもらう訳にはいかず、入浴の時間帯は昼間に変えなければならない。明るい内から酔っ払うことに抵抗を感じて、湯上りに飲んでいたビールも気分が乗らない。その内に酒を買うことも減っていった。

尿管にはまり込んだ結石は、後日尿道から内視鏡を入れて取ることになった。術前に浣腸され、差し込み便器を使うが一向に便は出ない。諦めて便器を外してもらう。予定時間を過ぎても手術室から声は掛からず、何時間も待たされ焦燥感ばかり募っていく。便意が遅れてやってきたが、用を足している最中に呼ばれることを心配して、そのまま我慢し続けてしまった。排泄を忌避する癖は相変わらずだ。

全身麻酔で眠った途端、手術室は便の始末に追われて迷惑を掛けたようだ。完全に私の責任である。以前、訴えていたのに気づいてもらえなかった、尿道の石だけは除去された。本命の手術は失敗だった。便の処理に手間取ったことが原因ではなく、内視鏡で膀胱から尿管の入口が視認できなくて、結石は摘出できなかったという。膀胱壁が通常よりも厚くなっていたそうだ。そのせいで、内視鏡を尿管まで通せなかった。子供の頃、尿意を異常なまでに我慢し続けた影響だろう、と個人的に思っている。これも自分の撒いた種が原因だ。

今度は開腹手術で、摘出することになった。手足の手術は今まで何度もしている。しかしお腹を切って内臓をいじくられるということに、大きな不安が拭えない。怖くてどうしようもなく、普段よりも激しく自慰に耽って現実逃避した。腹圧を掛け過ぎたらしく、腎臓の周辺に一瞬痛みが走る。術前の診察で結石が尿管から腎臓へ移動していることが判明し、手術は中止になった。

なるべくしてなったとしか考えられないほどふざけた経緯で、結局今でも左腎に留置カテーテルをぶら下げている。こんなものに毎月公費が掛かっているのだ。改めて考えると、納税者に対し情けなく申し訳ない気持ちで一杯になる。敗血症の治療だって高額だったろう。

思ってはならないことではあるが、あのまま死なせてくれれば良かったのだ、という考えも浮かぶ。自己否定感は、際限がないかのように増していく。

入院前は一人で済んでいた身体介護は、退院してから二人で対応してもらうことになった。車いすへの移乗では元々、ヘルパーに後ろから両方の脇の下を掴んでもらい、自分で足を持っていた。腕の負担を減らすために、前から両足を支えてもらう人も加わる。常時二人体制の訪問は、人手不足から男性ヘルパーだけで予定が組めない。身体介護でも女性ヘルパーの補助が必要になった。支給時間を大幅に増やすことは難しく、入浴介助は男性ヘルパーと、訪問看護師のペアで対応してもらうことにした。臀瘻のケアもあるし一石二鳥。そうやって介護時間を節約して、疲労骨折のリスクを減らしながら一人暮らしを続けた。

仕方のないことでも、身体介護に異性が入ることには抵抗感が付き纏う。恥ずかしいという訳ではない。羞恥心はとっくの昔に捨て去っていて、心の中にあったのは不公平感だ。一方的に身体を見られる、ということに悔しいようなやるせなさが湧き起こる。それは、デリヘルを除けば異性とまるで触れ合えない欲求不満からくる、身勝手な感情だ。自分も裸が見たい、とお門違いも甚だしい性的欲望が渦巻くようになる。

ようやく大学へ復帰する目途が立つ。無謀な通勤も見直すことになった。ヘルパーに直接送迎してもらう。福祉制度は使えないから、福祉タクシーの利用ということで全額自費だ。

考えてみたら交通費をいただけないか、交渉すらしていなかったような気もする。元々多くない賃金がさらに目減りして、仕事をしても大した収入にならない。

勤めている部署へ一人、増員されることになった。男性で、よりにもよって新婚の人だ。無意味な嫉妬を感じてしまう自分が情けない。無駄にストレスを溜める。それに安い報酬で都合良く使われているという不満が膨らむ。待遇の軽さから、憂さを晴らすようにトイレで抜いてやったこともあった。

短大で乗り降りしていたバス停が大学前に変更された。恩恵を受ける前に利用しなくなり、今更感が漂い不愉快だった。これは明らかに単なるわがままだが、もう何かにつけイライラに変えていたのだ。

学内のシステムは拡張し続けて、長期療養する前の時点でかなりの規模となっていた。掲示板、回覧板、シラバス登録・表示、出勤簿、休暇予定、スケジュール表など、ちょっとしたグループウェアの機能を、既存の初期コードを除いてほぼ、私一人が実装していた。それに比べ、付随する資料は貧弱だ。仕様書はデータベース定義書と、MS-Office に含まれる作図ソフトの Visio（ビジオ）で作った画面遷移図くらいで、マニュアルは未整備。テストコードは一切書いていない。保守性、拡張性が皆無で実運用は薄氷を踏むかのごとく危ういものだ。ソースコードも、途中途中で実験的に試したコードが混ざり一貫性に難があった。

ソフトウェアはナマモノであると思っている。人間が使うもので、柔軟性がなければ廃れてしまう。堅い椅子に直接腰掛けるのでは使う人を選び、仮に座れたとしても忍耐を強いられる。快適に使うためには人体に優しくフィットし、包み込むようなクッションが必要だ。それと同様にソフトウェアは、使われる環境、条件、ユーザーを考慮して臨機応変に、限られたコスト内に収めて変更できなければならない。セキュリティ対策も重要だ。そういった配慮がまったく行き届いていなかった。

自分で実装しておきながら、最早手に負えないレベルの代物になっている。これでもその時その時は、ベストを尽くそうという意識はあった。手塩に掛けて育てた我が子のように思う反面、映画「ＡＫＩＲＡ」の、グロテスクなシーンを思い出す。鉄雄が肉塊へと変わり果て、膨張していく場面だ。出来損ないの私のように、ただ出来損ないを作り出しただけかと落ち込む。私を端金で使うより、いっそ大手のグループウェアを大金出して使ってくれと思うようになる。増員もあったし、私は不要だろうと考えた。

転職したいと思うようになり、在宅勤務の会社を探す。偶然近場に事務所がある中小企業を見つけ、話が進む。課長へ退職の相談をした。心のどこかでは、引き留めてもらいたい気持ちも少しあった。そんな都合のいいことは起こるはずもなく転職が決まる。やっぱり用済みなんだなと勝手に落胆した。

最後の出勤日、終業時間を過ぎてしまった。急がないとヘルパーが駐車場で待っている。それにこれまで溜めてきた不満もあって、課長にしっかり挨拶もせず玄関を出てしまった。言葉にできないほどお世話になっておきながら、不誠実な態度で別れてしまったことを申し訳なく思っている。

入院中に「幻想魔伝　最遊記」のアニメを見ていた。西遊記がベースの、登場人物が全員美男美女のファンタジー漫画を原作とした作品である。作中で「色即是空、空即是色」と言っていたのを妙に覚えていた。それが切っ掛けで般若心経にかぶれてみたが、ただ暗唱できるようになっただけだった。勢いでCDブックのようなものも購入してしまい、今も本棚に収まっている。信仰とか祈りといった類は、どこまでいっても性に合わない。

新しい会社でも、仕事の内容はプログラミングだ。業務用の管理システムの拡張やWebサイト作成を担当した。自宅で作業させてもらえるのは助かったが、慣れない英語のライブラリを使ったりで朝から晩まで作業しても全然うまく進まない。連日夜中まで試行錯誤を繰り返して、作業する必要があった。

会社は、社長とその奥さんが中心になって仕事を回している。事務所で一度打ち合わせをするために、社長の運転で送迎していただいた。ワゴン車のバックドアを開け電動車いすごと乗車できるように、鉄板を使った。精一杯工夫していただいたのだろうが、左右の縁は引っ掛かりもなく真っ平で幅もぎりぎり。脱輪しそうで、これを毎回使うのかと思うと安全面に大きな不安を感じた。便宜を図ってもらっている手前、何も言い出すことはできない。

現地でも見たくない光景に遭遇してしまう。ホワイトボード用のペンがインク切れしていたのに怒った社長が、書けないペンを投げつけて奥さんを強く責めた。私にはそれほどキツく当たる理由に思えない。一朝一夕ではない何かが、この夫婦の間にはあるんだろうと感じた。実家の両親のことを連想してしまいトラウマを刺激され、居たたまれない気持ちになる。

また別の日、会計システムの変更のような案件の話が回ってきた。法律に則った、税金の複雑な計算を処理する必要があるらしい。家に奥さんが来てくれて仕様を説明してくれたが、どうも要領を得ない。開発系の知識は、あまり持ち合わせていないようだ。しっかりした資料ももらえないし、在宅で仕事をさせるためのノウハウは一切なくて、見切り発車の雰囲気をひしひしと感じた。

一つ一つは大したことがなくても、積み重なってストレスになっていた。続けていく自信がなくなって三か月程度で辞めてしまい、すぐ諦めてしまった自分も許せなかった。

三十歳過ぎを目標に、大卒資格くらいは取ってみようかと放送大学を始めてみていた。学生は、年配の人が多くて高齢社会を実感した。理数系、特に数学を選択する人はあまりいない。それだけで少しずつ学習意欲が削がれていく。仕事の忙しさからも、勉強に身が入らなくなった。数学に対する熱意自体、この程度で左右されるちっぽけなものだったのだなと自覚させられる。施設時代の人が一人いて、ばったり顔を合わせ驚いた。専門学校の時感じていたような気まずさが、再び蘇った。

ヘルパーの支給量は、一定期間で再申請が必要だ。その申請結果は、支給期間が切り替わるタイミングぎりぎりになって、大幅に減ると判明した。支給区分も変更される影響から、今までの事業所が契約の都合上利用できないという。急いで別の事業所を探さなければならない。もし見つからなければ一時的にせよ、実家に逆戻りの危機だ。相談員のAさんが、親身になって協力してくださった。

いくつか介護事業所とコンタクトを取り、なんとか対応していただけるところと契約を結ぶことができた。取りあえず生活は維持できるようになったものの、ヘルパーは今まで通り入れない。二人で訪問できない分、否応なくベッド上で過ごす時間が長くなる。寝ていてもパソコンは使えるし、生活上これといった不便はない。しかし日常動作が減ることで体力が落ちたり、股関節周りが多少は衰えたりしていたのではないかと思っている。

Aさんと話し、役所へ直談判することになった。訴えたい内容を文書にして準備をする。話し合い当日、出発早々スロープの角のコンクリに思いっきり乗り上げて、タイヤがパンクしてしまった。福祉アパートの玄関は、張り出した屋根の下まで車が横づけできるように、スロープ状になっている。

今まで移動支援を頼んでいて、こんなことは一度もなかった。介護事業所を変えて間もない内から起きたトラブルで、この事業所は大丈夫だろうか、と一抹の不安を感じてしまった。なんでよりによって、と焦るが仕方ない。近くに運良く整備工場っぽいところがあったので、そこで直してもらう。

約束の時間を過ぎてしまい、逸る感情を抑えつつ役所に着くと、Aさんが出迎えてくれた。気を取り直して、担当者と話す。お役所仕事の使う「平等」は、役人の都合を押し通す時に持ち出される便利な方便にしか聞こえない。とにかく生活に困るという実情を訴えて、できる限りの譲歩を引き出す。

それでも以前に比べて支給量は減った。ヘルパーの訪問計画を改めて見直す必要がある。入浴は、訪問看護師が二人入ってヘルパーの時間を、さらに節約した。毎度毎度、女性二人に裸を晒さなければいけないことに、「不公平感」はますます募っていく。

この一件で行政に対し不信感が強くなった。もう一度引っ越すと、支給量の申請先は今住んでいる自治体になるという。そちらの方が財政の規模が大きいので、今後の申請を考えればいくらか気は休まりそうだ。そこで、引っ越し先を探すことになった。福祉アパートも、私のような重度肢体不自由者が入居し続けられるのか、福祉制度のさじ加減一つだという危機感もあった。

転職に失敗したショックを引きずって、一切のモチベーションが尽きてしまった。放送大学の人から、安否を気遣う手紙が何通も届いた。それにすら反応する気になれない。以前個人的な経験を発表するとかという話も出ていて、そんなに人の不幸話が聞きたいのかという考えしか持てなかった。――当時極めて消極的だったことを、今こうして実行しているのだから、人生とは分からないものだ。

ここから勉強も、職を探す気力もなくなり、ニート生活が長い期間続くことになる。

十、ニート時代（寝たきりの始まり）

二十六歳からのおよそ十年間は、私にとっての「失われた十年」だ。無気力で、怠惰で、生産性のない、漫然と生きているだけの時間。何も失うものがない、とふてぶてしく開き直り、日々を無為に過ごすだけに留まらず、各方面の人へ迷惑を掛けた。

介護事業所を変えてから、前の事業所が如何に障がい者に寄り添えるヘルパーを揃えていたかを身に染みて感じた。新しい事業所は、主に高齢者への介護サービスを提供しているようだ。そもそも高齢者は訪問介護、障がい者は居宅介護と制度からして分かれている。私のような当事者でも、仕組みの全容は複雑で正確に把握するのは難しい。

こうやって書いている福祉関係の記述も、不正確なところがあるかもしれない。もっとシンプルに整理したら、効率化や省力化を進められる部分もあるのではないか？　素人考えにそんな疑念も抱く。立法機関・行政機関のお偉方は、利権を巡る駆け引きと縄張り争いに明け暮れているのではないか。制度を支える従事者や、利用者たる国民の生活は二の次にされているように思う。

新しい事業所のヘルパーは、どこか感覚が違った。認知機能が衰えているかのように扱われ、一々分かり切ったことを聞かれたり、逆に確認もせず勝手な判断で元に戻せないことをされたりする。一見矛盾しているようで、意地の悪い話だと思うかもしれない。

意に沿わないことがあると「普通に考えたら分かりそうなものなのに」と心の中で毒づいてしまう。障がいに対する無理解を感じるような言動が目立ち、ふとした瞬間に自分が障がい者である事実を強く意識させられ、不快感を覚える。そういう意味で、私の考える「普通」とヘルパーの思う「普通」を比べた場合、無視できない隔たりを感じてしまうのだ。この軋轢は、前の事業所で生活していた頃、それほど大きくなかったように思う。

差別や虐待なんて深刻なものではなく、ごく些細な行き違いだ。目くじらを立てる方がおかしいと、責められるかもしれない。しかし毎日の生活の中で、何度も繰り返し目の当たりにすると、やりきれなさが蓄積していく。苛立つ感情が先に立って、冷静に訴えていく気にはなれない。

元々障がい福祉に関わっている人の方が、気兼ねなく平常心で過ごしやすいのだった。それに辞める人が多いのか、人員が頻繁に変わる。続けて欲しい人に限って、事業所から去っていく確率が高い。誰が来ても距離を置いて接した方が、煩わしい感情に振り回されないで済むと考えるようになった。

年配のヘルパーに何気なく趣味は何か聞いたら、写真を撮ることだと言いながら携帯を見せてきた。そこまでは良かったが話が止まらなくなり、訪問予定時間を過ぎても勢いが止まらずうんざりしてしまった。話し慣れていないせいで、機転を利かせる余裕もなくやんわり切り上げられない。世間話も大概にしないと痛い目を見るとしか思えなくなり、極力ヘルパーとの会話を避けるようにもなる。

移乗してもらう二人介助の時、後ろを支える人でワンテンポどうしても遅れる人が来るようになった。タイミングを合わせて身体を持ち上げてもらわないと、股関節に余分な力が加わって骨にも負担が掛かる。ただでさえ男性ヘルパーは人数が少なく、簡単に担当を外れてもらう訳にもいかない。何度指摘したところで改善されず、危険を感じてしまう場面が度々あった。

特に右側は、臀部の肉付きが削ぎ落としたように凹んでいるためか悪影響を受けやすい。これは生まれつきのもので、奇形か何かの異常があるのだろうと思う。特段日常生活で自覚症状はなかったから、どの医師からも気にも留められていなかった。それでも重心が偏りやすい体型は、目に見えない悪影響を確実に与えていたのではないだろうか。

男性ヘルパーが、一人また一人と辞めていき、トイレ介助も女性二人になる場面が増えていく。「不公平感」が一段と心の中で大きなウェイトを占めていった。いっそのこと以前の事業所に戻したい、戻しておけば良かったと何度も思うようになる。しかしBさんの件で意気消沈していたし、条件の悪い中で契約してくれた現事業所に恩も感じて、わざわざ面倒な手続きをする気力もなくなっていた。

足の骨折を切っ掛けに、ティルト式の電動車いすに変えた。座面と背もたれが同時に傾くので、効果的に体圧分散できる。判定医の杜撰とも思える指示で使い始めた段差スロープはお払い箱だ。

側弯による脊椎の負担も軽減するため、座位保持装置も作った。座位の体型を包み込むような形のプラスチックに、硬めの素材でぴったり身体にフィットするクッションをはめ込む。右腕の不調が起きる前からこの車いすになっていたらと思うと、ぞんざいに扱われた判定医の件を思い出し、また不快な感情に飲まれ掛けた。

上肢は側弯の影響から左に傾いてしまうので、左の脇にどうしても食い込みやすい。汗っかきなのも相まって脇の下は終始、痛がゆさに耐えながら過ごさざるを得なかった。何をしても、どこかしら不都合が生じてしまう。

引っ越し先を探し、何件か不動産屋を当たる。Aさんも協力してくださった。いくつか内覧した一般のアパートは、どれもバリアフリーの対応について一長一短といったところ。なかなかこれだ、という物件は見つからない。

その内の一件では、付き添ったヘルパーが非協力的で現地に着いて以降、全然手を貸してくれない。移動支援サービスとして来てもらっているのに、外出中の介助をしないなんて、と憤りを感じた。それでも無気力な時期だったから、事業所にクレームを入れるような気勢もない。投げ遣りな感情と、ヘルパーへの不信感だけを募らせていく。

副鼻腔炎にもなった。ある日、側臥位で寝ていて朝起きると、鼻の穴から唾液が鼻水のごとく垂れている。その後、顔の内部から圧迫されるようにズキズキと疼き、日に日に痛みが強くなった。初めは歯茎の痛みと勘違いして口の中を見ても、どこも悪いように見えない。

これはどうやら、歯医者に行っても治らない類のものだと察する。自分で往復できそうな距離の耳鼻咽喉科を見つけ、自力で通うことにした。診察を受けると、鼻の奥に大きい綿棒を入れられた。思った以上に奥まで突っ込まれてびっくりする。一瞬の出来事だった。「あー、膿が溜まってますね」医師は、よくあることと言いたげな調子で軽く言うと、レントゲンを撮った。副鼻腔が炎症を起こして膿が溜まり、鼻との間にある通り道（自然口）が詰まっているそうだ。寝ている間に、副鼻腔に唾液が侵入して雑菌が繁殖したようだ。「薬出しますから、飲んでください」最後に告げられ、診察は意外とあっさり終了。その日からもらった内服薬を飲むと、どんだけ出るのかというほど、どろっとして黄緑色をした濃い鼻水が大量に何日も出た。それに、鼻の奥で下水のような臭いが漂う。

そういえば母も重度の蓄膿症を経験している。何十年も前の、若い頃だったとか。局所麻酔の手術を受けて、歯茎の根本を切開されたら大きい神経まで切られて、大変な目に遭ったという。聞くだけで恐ろしい。

母の件を思い出し、悪化して手術なんて流れにならないかと心配になった。と同時に、困った体質が似たものだと、心の中で苦笑する。確かに私は、あの人の息子なんだなと変なところで実感していた。数週間、鼻水と悪臭は続いたが結局、服薬だけで治って安堵した。

辛うじて電動車いすに乗れている間は、日中暇なのを良いことに、昼食のため頻繁に外出を繰り返した。すぐ近くにある病院のレストラン、少し離れた距離にあった焼肉屋、さらに遠出してチェーン店のとんかつ屋など。どの店でも、店員の対応は丁寧で親切だ。ありがたい気持ち半分、申し訳ない気持ちが半分。生きる気力もなく、ただ惰性で生きて年金を食い潰すだけの私が人並みの待遇を受ける状況に、感謝しながらも罪悪感がついて回る。

周りを見渡せば、親子連れや社会人、学生。皆、当たり前のように生きているのだろう。私には生まれた瞬間から縁のない環境で、どの人もそれぞれの役割をきちんと全うしているように見える。独りで外の空気を吸いに出掛けても、帰ってきてから気が滅入るばかり。歩道は完全に整備されておらず、小刻みな振動は身体への負担も無視できないほどだった。それでも外出を控えられなかった訳は、無意識に外の世界と繋がりたかった欲求の表れか。

自殺願望はあれど、車道に飛び出すほどの勇気も出ない。新調した電動車いすは、頑丈にできていて重量もある。恐らく助かりはしないと思いつつ、なまじ車両と衝突しても即死とはいかないかもしれない。死ぬこと自体の恐怖も当然あるが、下手に救命され後遺症で苦しむことを心配していた。それに、こんな奴に絡まれた挙句、多大な迷惑を被る人が出る事態になるのも気が引けた。

寝たきり生活を誘発した最後のトリガーは、泌尿器科の通院であった。診察台から、両親に車いすへ乗せてもらう時の話だ。月に一度と頻度は少なくても、カテーテル交換のため車いすと診察台との間を乗り移る動作は、負担が大きい。身体を持ち上げられた瞬間、右の股関節に強い痛みが生じて座れなくなった。

どうやって帰ったか忘れてしまったが、とにかく家へ戻りベッドで休んだことは覚えている。それ以来、座位と呼べる角度まで股関節を曲げられず、寝たきり生活だ。無理を押して起き上がっても側弯は酷いし、脊椎までどうにかなるのではないかと、止めどない不安もあった。ＱＯＬの低下と引き換えに、リスクを最小限に抑えられれば構わない。どうせ車いすに乗っていても、パソコンの前で時間を潰すだけなのだ。

座れなくなった影響に対して喫緊の課題は、入浴方法とトイレ介助、毎月の通院手段をどうするかだった。浴室へ行くこともできなくなったので、ベッド上で清拭と陰部洗浄、介護用の洗髪器で頭を洗ってもらう。股間まで人の手に、しかも異性の看護師に毎回委ねなければばならないことは我慢してもし足りない。それまで看護学生が見学に来ることを了承していたが、それも性欲を刺激される状況に耐え切れなくて、理由までは告げず一方的に見学は断るようになった。

トイレは、ベッド上で寝たままの姿勢でするしかない。この時期には自己導尿は中止していて、自力での排尿だけになっていた。大きい方は差し込み便器が体格に合わないので、新聞紙とトイレットペーパーを敷き、側臥位で用を足す。一人の介助で済むようになった分、女性ヘルパーと一対一になって下半身を露出する状況もまた、劣情を催してしまう。妄想と屈辱感と、性的な飢餓感に苛まれる。ヘルパーを人間以外の何かとでも思わなければ、とても耐えられない。

通院には、ストレッチャーごと車に乗り込める福祉タクシーを使うようになった。料金は高額だ。気持ちだから、と正規の金額以上をタクシー業者に支払う父が嫌でたまらなかった。毎月通院の度に両親の世話になるのも、いい加減止めにしたいと考えるようになる。

乗れなくなってしまった電動車いすの代用で、背もたれをフラットにできるリクライニング式の車いすを買った。また判定医の診察を受けるのかと思うと、側弯の相談に行った時の屈辱的な記憶が蘇ってくる。わざわざ現地まで苦労して行くのもうんざりだ。電動車いすで給付金を使ってそれほど間が空いていないこともある。適当に介護用品の通販サイトを見て自分で注文した。

介護事業所に相談すると、購入した車いすごと乗せて送迎してくれるというので、ヘルパーに通院を頼むようにした。親と顔を合わせることが一切なくなり、気の滅入る日常の中で少しだけ気が晴れた。しかし、別のストレスを感じ始める。

通院介助にヘルパーが二人付き添い、診察室へ呼ばれるまで待つ時間が苦痛になっていた。ヘルパー同士の井戸端会議が耳障りで仕方ない。世間話や、他の利用者の話題。望んでもいない雑多な情報は、ほんの少しも耳に入れたくなかった。世話になっている立場で、理不尽な不満だという自覚もある。黙っててくれと何度も怒鳴ってしまいたくなる度に、喉元まで出掛かっては飲み込んでいた。

無気力でも、引っ越し先の物件探しだけは諦めていなかった。引っ越さない場合、下手をすれば実家へ戻る事態に繋がるため、どうしても次の住処は必要だ。一般のアパートはなかなか思うように見つからないので、県営住宅に入れないか考えるようになる。そうして運良く空き部屋が見つかり、転居の段取りがついた。居宅介護サービスを受給する自治体が変わって、支給量を増やすことができた。入浴は訪問看護師が二人介助する状況から、ヘルパーの二人介助、男性一人、女性一人の体制でシャワー浴を頼めることになる。

女性二人介助での心理的負担が減った反面、他の不満が出てきてしまう。以前はワンルームで、今度の居室は無駄に部屋数が多い。入浴後、訪問予定時間が余るとヘルパー二人が隣の部屋で雑談している状況に、苛立ちを感じてしまう。通院時に感じていることと同様のストレスだ。家主の私が沈黙している傍らで、ヘルパー同士が楽し気に会話している空間は、想像以上に神経をすり減らすものだった。

子供の頃実家でも、私の居る部屋とは間仕切り一枚隔てた隣室で、両親が喋っていた。思い出すのは、私の養育方針について口論する場面。子供心にも両親の喧嘩を止めたいと思って胸を痛め、自責の念に駆られていた。入浴の度に、隣の部屋に取り残されているという過去と似たような状況に刺激され、記憶の底からトラウマを掘り起こされる。感情に任せ喚き散らせたらどんなに楽かと思ったが、頭の中は至って冷静で負の感情を表に出さないように努めた。唐突にキレ散らかしたら、気の短い変人と思われるだけに決まっている。理屈は抜きにして、単純に会話に混ざれないさびしさもあった。それでも混ざったところで、楽しく話せる共通の話題は何も持ち合わせていないのだ。

福祉アパートから退去した結果、普段接する人が一層減って孤立感が増していく。引っ越し当初は、民生委員が訪問してきたりした。それも最初だけで、地域との関わり合いも皆無になる。自治会が揉めているようで、会報には裁判がどうとか新参者には不穏さしか感じない雰囲気があった。築四十年くらいの建物は隙間風も多く冷える。バリアフリーではあったが、辺鄙なところに移ってきてしまったなという印象が強い。それでも住めば都と考えて、暮らしていくより他になかった。

衣食住は足りていて、生活上の支障は少ない。仕事もせずそんな生活ができるのだから、ある意味では贅沢極まりない話だ。しかし寝たきりで目的の見えない日々は、ひたすらに自殺願望と虚しさを膨らませていく。Aさんから本を書いてみないかと持ち掛けられた。丁度今、貴方が読んでいるこの本のような内容で。その時はまったく気乗りしなかった。失敗談を正面から受け止め、文章にしたためるほど心の整理はまだつかず、目を背け記憶から抹消したいと念じる一心だ。もし取り組んでいたら、これ以降の内容はまったく違うものになっていただろう。

それからしばらくするとAさんが相談員を辞めることになって、別の人が担当につく。新しい担当者が訪問した時、ただのひとことも意思疎通できなかった。ただただ欲求不満と孤独感と自殺願望だけが頭の中を支配していて、何十分もの間沈黙し続けた。そんな態度でいたせいか、生活支援の事業所も変わり、一段と信頼関係のある人は周りにいなくなった。

数か月に一度実施される福祉サービスのモニタリングで、さびしくないか、話し相手がほしくないかという話題も触れられた。さびしいと口に出したら、自分が酷く惨めな人間と認めることになりそうで、負けず嫌いの性格には受け入れがたく首を縦に振れなかった。

そこいら辺の障がい者連中とデイサービスで仲良しこよし、なんて環境に首を突っ込むのも、願い下げだった。施設時代の知人に、ばったり会うようなことがあっても面倒だ。日中はパソコンをしているから、を免罪符のように繰り返し、さも問題はないかのようにごまかしていた。心が弱いからこそ、その弱さから目を背け現実を認められない。見当違いのベクトルへ向かう強がりは、ますます自分を追い込むだけの愚かな行為だった。

それに、無気力な状況から抜け出す意志を微塵も持っていなかった。自分のような出来損ないが幸せを望むなんて身の丈に合わぬことなのだと、頭の中で自分を徹底的に蔑んでいた。思考停止して、時の止まったような暮らしが義務であるかのように、現状を変えようという意識は黙殺し続けた。

コンピューターに明るくない人ほど、さもインターネットが万能で知り合いが増えたり、恋人ができたりするなどと都合のいい展開を信じられる。私のような人格破綻者は、何を利用しようが理解し合える人に巡り合うなんて奇跡は、永遠にやってこないのだ。「建前」を繕うことが上手いのなら、いくらでもネットで陽キャを演じられるのではないかと思われるかもしれない。私にできることは、本音を隠しひたすら無難に事を運ぶだけ。積極的に自ら発信していくような演技は不可能だ。そう確信を持ちつつもノートＰＣの薄っぺらいディスプレイを前に、何かしら現実逃避をしようと虚ろな目をしてキーボードを叩く。

レッドストーンに課金の壁を感じて熱が冷めてから、何個ものネトゲを放浪した。何にしても「初めて」の経験で得た興奮、喜びに勝るものはない。人生初のネトゲに触れた時の高揚感を求め、どこにも見つけられないものを探し、デジタル世界を彷徨っていた。左利きな上に右手が不自由で、一般的な「WASD」の操作系は扱いが難しい。不自由さを補うために、「UWSC」や「AutoHotkey」でキー割り当てを自分でカスタマイズして使う。プログラミングの経験が予想外な場面で活きた。ただ、不正な目的で使われるチートツールと誤検出されて利用できないゲームもあって、利便性と公平性のトレードオフに泣かされた。

当時は雨後の筍のように次から次へと新作のネトゲが作り出されては、正式サービス前に終了するような、中途半端なゲームもよくあった。そんなゲームに引っ掛かっては、クソゲーと罵りながらプレイする。どうせ無料だし、市販のゲームならあり得ないような水準のプレイフィールは、ある意味物珍しさも手伝ってどこか楽しんでもいた。ブラウザだけで遊べるもの、専用ソフトが提供されているもの。配布形態も色々だった。

完成度が高いネトゲの一つ「パーフェクトワールド－完美世界－」は、オープンワールドのＭＭＯだ。オープンワールドとは、画面の切り替えがなく単一の広い世界の中を動き回っているようにプレイできる形態である。いちいち読み込み画面で待たされたりしない分、より没入感を得やすい。

リアルマネーで購入する、ゲーム内で消費するポイント（課金通貨）に関するシステムも特徴的だ。ゲーム内通貨と課金通貨を、売買したいプレイヤー間の一致した希望額で株取引のようにトレードできた。無課金でも理屈の上では、ほぼ全てのアイテムを手に入れるチャンスがある。筋金入りの無課金勢（課金しないプレイヤー）だった私の目には、とても魅力的に映った。

ヤフチャで知り合った子が興味を持ってくれて、一緒にこのゲームをプレイするようになる。レベル上げの手伝いや、一緒にダンジョンを攻略したり装備品を譲ったりと、何かと世話を焼く。

そんな調子で頻繁にプレイしていたある日、その子がログインしなくなり、しばらく音信不通になってしまう。たまにメールをしても返事がない。あまりしつこく送ってはキモがられると思って我慢したり、やきもきする日々が続く。諦め掛けた頃、ゲーム内で連絡がついた。大きく体調を崩していたようだ。ネット上での付き合いだけで、本当のところは分からない。それでも、再会できて心底嬉しかった。

年末のゲーム内イベントで、花火が上がる。大きな都市を模したフィールドの一角で、座り込むエモートを使って一緒に腰を下ろす。エモートとは、キャラクターに手を振ったり会釈をしたりといった動作を指示して、コミュニケーションの幅を広げる機能だ。

現実の私には、天地がひっくり返っても実現不可能な所作である。仮想と現実のギャップに横たわる欺瞞から目を逸らし、この場の雰囲気に僅かでも自分を馴染ませようと、意識を働かせた。周囲にも大勢プレイヤーがたむろっていて、全体チャットも賑わっている。その光景を共に眺めながら、年を越した。

現実の暮らしは荒涼とした無味乾燥な不毛の日々だったが、この瞬間だけは幾ばくかの暖かい気持ちに心が安らいだ。記念にスクリーンショットを撮ったりもした。それでも楽しくプレイできる時間は、そう長くは続かない。

ある時課金アイテムを彼女が買って、私にプレゼントしてくれた。しかし、課金に対して頑ななまでに消極的なプレイスタイルを貫いてきた私は、素直に喜べない。むしろ勝手に課金されたことが、無課金でコツコツやってきた自分を否定されたような気がして、無性に腹立たしく立場のなさを強く感じる。客観的に見れば、まったくの一方的なわがままだ。心中穏やかではいられずとも、極力冷静さを装う。

そんな中、他プレイヤーを抱きかかえたまま移動できるシステムを使う時、「連れてけ」とぞんざいな態度を取られたことがどうしても許せずに、そのまま喧嘩別れした。恐らく、気を許せる相手だと想ってくれたからこそ、砕けた態度になったのだろう。当時は、余裕を持てない思考しか頭になく、苛立ちを募らせるばかりだった。家まで会いに来てくれるという話までしていたのに、終わる時は一瞬だ。

プラトニックといえば聞こえはいいが、チャットやネトゲで完結したコミュニケーションという実体の伴わない、ごっこ遊びのような恋愛もどきを重ねるだけだった。大抵相手がどうというよりも、自分自身の狭量で甲斐性のない部分が軋轢を生んで破綻を招く。

大体数か月で飽きるパターンが多かった中で「Legend of Luna」は、長期間プレイした内の一つ。これもゲーム内通貨で課金アイテムを取引できて、無課金でやりくりしていた私には好都合なゲームだった。

フィールド上の決まった地点に、一定時間でボスが出現する。雑魚モンスターよりも強い分、倒せた場合は低確率で強力なレアアイテムを落とす。このボスを効率的に狩り回るため、表計算ソフトまで利用した。出現場所別にタイマーを設定して、先回りするのだ。自分で装備する分も欲しいし、売れば高値で売却できてゲーム内通貨を稼ぐことができる。

明らかに日本人ではないようなキャラクター名のプレイヤーと、ボスを奪い合うこともあった。この手の連中はリアルマネートレード（ＲＭＴ）目当てでレアアイテムを狙っているため、私は敵視していた。ＲＭＴというのは、現実の金銭と引き換えにトレード可能なアイテムや通貨を取引する行為だ。大抵のネトゲでは利用規約で禁止している。

自分でギルドを立ち上げ、そこそこな戦力が集まった。ギルドとは、ゲーム内の数十人規模のグループだ。ネトゲにはよくある要素で、キャラクターを強化するボーナスが得られたり、ギルド単位でプレイヤー同士が競う対人戦などがプレイできたりする。2ちゃんねるでギルドが晒されることもあった。

課金のガチャ限定の装備も他のプレイヤーからゲーム内通貨で買い取って、全身強力なアイテムで身を包む。「LUNA Twinkle!」と名称が変わって、まだしばらくサービスは続くものと楽観視していた。ところが、二年に満たない期間を経て突然サービス終了の告知が出される。鍛え上げたキャラクターが全部無駄になった。どのネトゲの時よりも順調に強くなっていたので、その時は惜しい気持ちと虚脱感に見舞われた。

ネトゲ廃人と呼ぶに相応しいほど、オンラインゲームに多くの時間を費やした。ギルドを作って人を集めては、人間関係や無課金の限界が見えるとすぐ引退。ゲームを転々と変え、その度に知り合いはリセット。ゲームをまたいで友人が増えるようなことは、ほぼゼロに近い。タッチタイピングの技術くらいしか、得るものがない時間だった。朝から晩まで同じ姿勢でプレイしていたせいで、尻の体重が集中する部分に褥瘡までできた。

空虚な現実に目を向けると医療や福祉関係者、仕事として私に相対して報酬を得ている人間しか周りにはいない。何の生きる目的も見いだせない自分は、彼らの飯の種になるためだけに生かされているという風に現状を捉えるようになった。ヘルパーも医者もデリヘル嬢も、自分の中では同列で卑しいものに思えて仕方ない。職に貴賤を持ち出すこと自体、愚かしいことだ。どうにもならない生活から、真っ当な判断力を欠いていた。

根源的な欲求の中で、生存本能だけは特別扱いされ、最優先で手厚く守られることに苛立ちを覚える。それに引き換え性欲は存在すらしていないかのように、無視される。人間扱いはされても、男として見られることは皆無だった。さびしくて、悔しくて自殺願望だけが心の中に渦巻き、次から次に最低でどうしようもない数々の思考が頭から離れなくなる。気が狂ってしまえればどんなに楽になれるだろうか。

それをまた、一歩引いて冷静に客観視している自分が自己嫌悪に精を出す。誰とも顔を合わせず、無人島で朽ち果てたい。社会資源を消費して生きていける精神状態とは程遠い。それでもおめおめ実家へ出戻ることは露程も思っていない。毎日心臓が止まる想像ばかり繰り返す。塞ぎ込みがちになって、ヘルパーが朝訪問しても食事を取る気にもならず、日課の髭剃りや歯磨きまで拒否する。タオルケットを頭から被って、口も利かない日が続いた。

泌尿器科の通院でも苛立ちが募り、命を永らえさせるだけ大金を掛けて治療して、後は自己責任で生きて行けと放り出す医療に憎しみの矛先が向かった。幼稚で短絡的な思考から抜け出せない。

腎臓結石は、他の病院から内視鏡を借りられたら摘出すると約束されてから、何年も経っていた。一向に話が進まず、痺れを切らし主治医に聞いてみても判然としない。セカンドオピニオンを希望して、他の病院へ意見を求めた。

別の病院へ行き、診察室で相対したのは高齢の医師で「主治医とよく話したのか」と横柄な態度で突き放される。明確な回答とまではいかなくても、もう少し歩み寄りのある言い方があるだろうと思うと、そこでも腹が立って仕方なかった。

あんまりな結果に、付き添ったヘルパーが看護師に聞いてくれたのか、それとも看護師の判断か、他の医師に取り次いでくれると提案された。私の中では、ただ怒りが込み上げるばかりですっかり心が折れていた。せっかくの機会でも、どうでもよくなりそのまま家路につく。結石が除去できて、留置カテーテルが不要になったとしよう。心の片隅では、腎臓から直接排尿しなくなったら、また新しい結石ができて大変な思いを繰り返すのではないか、という不安感も持っていた。周囲が寄り添ってサポートしてくれもしないのなら、もうこのまで構うものかと不貞腐れた。

泌尿器科のついでに受診を続けていた整形外科にしても、治療を要する所見は見当たらず様子を見るしかないという。座位にならなければ股関節は痛まず、入院の必要もなく自宅で経過観察するだけだ。たまにレントゲンを撮ったところで結果は同じ。むざむざ診療報酬を稼がせてやっているだけとしか思えない。いよいよ通院自体がアホらしくなる。腎瘻のカテーテル交換さえできれば、何時間も待たされて受診しなくても用は足りるのだ。

近所に往診を受けてくれる医療機関がないか相談員に探してもらうと、対応してくれるクリニックが見つかる。在宅でカテーテル交換が受けられるようになった。それまで厳重にガーゼで保護してテープ止めをしていた挿入部は、何のケアも必要なくなった。寝たきりで日常動作が少ない私の生活状況を考慮して、本来必要な処置でも端折ってくれたのかもしれない。入浴後の消毒がなくなり、訪問看護が週一回の腎洗浄とバイタルチェックだけで済むようになる。今までの苦労が何だったのかと、医者の方針でまったく変わってくることに驚いた。これをポジティブに捉えられないところが、私の欠点の一つなのだろう。

デリヘル嬢で一人、店を介さず個人的に連絡を取り合って直接お金を払ったら相手をしてくれる人がいた。料理を作ってきてくれるとか、何かをくれるとか約束しても守ってくれたことはなく、お金と体の関係だけのドライな付き合い。行為に慣れてしまったことと信頼関係の希薄さから、家に来てもらっても心持ちに変化はなく気落ちするだけ。

最後に会った時には、ヘルパーが来た時と同じようなテンションで虚ろな表情を隠せもしない。暗い態度でいる様子を流石に心配してくれたのか、裸の写メ撮ってもいいよと言ってくる。彼女なりに元気づけようとしてくれたのだろうが、その気持ちを理解しつつ無下に突っぱねた。無修正の画像なんか、ネットに腐るほど溢れかえっている。動画だって見放題だ。今更エロ画像を有難がるほど純情ではない。そんなことより、今までいくつか交わした約束は覚えていないのか？　と心の中だけで悪態をつく。不誠実さだけが鼻につき、それからは連絡をしなくなった。

基本無料のゲームばかり選んでいて、ゲームソフトに対価を出すことはすっかりなくなっていた。その中で「Diablo3」は、身銭を切って購入した数少ないゲームの内の一本だ。発売当初、最高難易度「インフェルノ」が鬼畜仕様過ぎて阿鼻叫喚したのも、今となっては良い思い出である。明らかにバランスがおかしく、後から修正が施された。公式にリアルマネーを使ったオークションハウス（ＡＨ）が実装されたことも、刺激的だった。ＡＨのためだけに、わざわざメガバンクのオンライン口座を作って、外貨預金とペイパルを連携した。マゾ仕様にもかかわらず毎日毎晩、飽きることなく熱中した。常に寝不足な状態で、不摂生は度を超す勢いだ。休みなくパソコンに向かい、四六時中上肢を斜めに起こしていると、股関節が強張り伸びにくくなってしまう。

訪問リハビリで運動不足を改善しようとするも、あまり効果は上がらない。家へ訪問して早々、リハビリのついでにパチンコへ出掛けるのを手伝ってあげる患者もいるとか話されて、この人はいきなり何を言っているのかと訝しんだ。行きたいところがあれば、連れて行くことも可能だと言いたいのだろうか。行きたいところなんて、富士の樹海に打ち捨ててもらいたいか、本番ありの風俗店くらいのものだ。どこへも行く気力の尽き果てている私にとっては、何の足しにもならない話だ。こちらから一切話を振りもしないから、その内リハビリ中の会話はまったくなくなった。ほぼ無音の中、ただ黙って淡々と施術されるだけの時間。寝不足なのも合わさって、気を抜くと意識が飛んでしまう。睡魔に抗い、瞼の重さに耐えている間にリハビリの時間が終わっているのだった。

ここからまだ数年先まで、生活態度は改められることなく自堕落な暮らしが続いていく。

十一、ニート時代（荒んだ暮らし）

寝不足な生活を続けている中で、右足に違和感が出るようになった。骨折しそうな、あの前兆のような感覚。快方に向かう気配はなく、日を追うごとに痛みは強くなる一方。リハビリも加減してもらう日が多くなった。

そんなある夜、斜めに起こしていたベッドの角度を下げた瞬間、右の大腿骨が悲鳴を上げた。当時の記憶は、今も鮮明に残っている。股関節の動きは硬くなっているのに加え、足全体は補装具の重さによって垂直方向へ下向きの力が掛かる。大腿骨を支点として、梃子の原理が働いたかのような感覚だった。

自分の身体が木の枝だとしたら、じわじわと、めりめりとへし折られるような痛み。その後しばらくの間、あまりにも痛過ぎて同じ姿勢のまま、手の指一本動かすこともできないほどだった。全身あらゆる場所が硬直したように、毛ほども動かしようものなら激痛を呼び込みそうだ。腕に力が入ったまま、緩めることさえ難しい。あんな状態は、今まで何十回と経験した骨折人生でも一、二を争う強烈なものだ。

そろりそろり、時間を掛けてようやっとのことで携帯電話に手が掛かる。ヘルパーに電話を繋いで家へ来てもらっても、何ができる訳でもない。結局救急車を呼ぶことになった。かつて通院していた病院ではなく、近所の病院へ運ばれる。レントゲンを撮ったのは、一晩明けた翌日だったろうか。レントゲンなんか撮らずとも、骨が逝っているのは確実だ。毎度思うがどうせ折れていることは自明なのだから、わざわざ身体を動かさず安静にさせてくれと思っていた。まあ、骨の位置が悪くないか、他に問題のある所見はないか確認が必要なのだろう。それも頭では理解できた。

レントゲン室で、数人掛かりで身体を持ち上げられる。あまりの痛さに声が出ない。そして、乾いた笑いが漏れた。あんまり痛いと笑うしかないんだなと、この時思った。ただこれは繰り返し数え切れないほど経験した、骨折という既知の原因だからに他ならない。腎瘻の一件では、恐怖と不安が押し寄せて笑うどころではなかった。

それから治るまで、病院で過ごす。頭の中は痛覚に塗り潰され、雑念を忘れさせてくれる。ヘルパーへの不満も、満たされない性欲も、何もかも忘れることができた。自分のようなダメ人間は、こんなざまがお似合いだと自嘲する。

整形外科の大部屋に入院すると、周りは高齢者ばかり。隣の人は、私が入室した後誤嚥して、なかなか回復しないで日に日に病状は悪化していくようだった。ご本人も何か勘違いをしているのか、治療を拒んだりしている。受け答えは明瞭なのに、コミュニケーションが不足しているように見えた。他人事ながら、もうちょっとうまく看護してやれないのかと、歯痒く感じてしまう。

後から入院してきたおじいさんは、認知症があるらしい。腰の骨が折れているのに、トイレへ自分で行こうとベッドの柵を乗り越えて、平然と歩いてみせた。痛みを感じないのか、人間の知覚は全て脳の働きによるものなんだと、当たり前のことを改めて実感する。子供の頃、ＮＨＫスペシャルでやっていた「驚異の小宇宙　人体」などのドキュメンタリーをよく視聴していた記憶が蘇った。

ベッドは危険で寝かせておけないからと、例のおじいさんは敷布団で寝かされるようになった。フローリングに布団かよ、と不憫に感じられた。足腰立たないのにトイレへ行く意志は強固で、這いつくばり病室から廊下へ出て行く。一度、私のベッドの近くまで来たことがあってぎょっとした。慌ててナースコールを押して看護師を呼ぶ。まかり間違って、腎瘻のチューブを引っ張られたりしないかと不安になった。施設時代の生活だったらいざ知らず、一般病院でこんな常識外れの予測不能な心配をすることになるとは思ってもみない。高齢社会の深刻さ、のようなものの一端を垣間見た気がする。

まさか寝不足が原因になって骨折するとは、予想外のことだった。調べてみれば、寝不足で成長ホルモンが減ると骨にも悪影響があるそうな。しかも、この時期処方されていたビスフォスフォネート製剤の長期服用では、大腿骨骨折が起きる場合もあると最近になって知った。つくづく薬との関係でも運がない。十中八九、不摂生が原因だとは思う。

退院直後は睡眠も侮ってはいけないと、身に染みる思いだった。入院生活で、塞ぎ込んだ気持ちがリセットされたような気になる。しかしそれも、日が経つに従い日常のストレスに曝されれば、呆気なく元通り。

訪問リハビリはうやむやになったまま、再開はしなかった。服薬も当時は説明のないまま中止された。身体の不調が薄れると再び色々な不平不満がぶり返す。気を紛らわせるようにDiablo3に復帰してみたが、アイテムが極端に手に入りにくくなる調整が入ったり、以前よりプレイヤー側が不利になるアップデートの連続で熱は冷めていった。プレイヤーの間では、ナーフだ、ナーフだと嘆きの声が上がっていた。あれだけ期待していたのに、ずっとやり続けられる気がしなくなってくる。

他のゲームで時間を潰すようになった頃、新しく始まったオンラインゲームが「Path of Exile」だ。キャラクターのカスタマイズ性、プレイ難易度のバランスが神懸っていた。プレイヤー連中からも、こっちがディアブロシリーズの正統進化形だという評価を得ていた。しかも基本無料、アイテム課金制のシステムだ。課金制の中でも運営は良心的で、装飾品など強さに直結しない要素の販売が中心である。無課金を貫く私の、数少ない課金したゲームになった。戦利品のアイテムをより多く手元に残すため、保管しておけるアイテム数が増える課金アイテムの「倉庫拡張」を購入した。Diablo3以上にハマり、ランキング上位者に配られる記念品のＴシャツを手にするほどやり込んだ。

面白過ぎるのも考え物で、また徹夜を繰り返してしまった。何日もそんな生活をしていると、水を飲もうとした際、気管に入り激しく咳き込んだ。溺れそうなくらい苦しくなり、その程度のことで救急車を呼ぶ騒ぎにしてしまう。救急外来で喉の違和感を訴えても正確に伝えられず、軽く診察されただけで帰された。その時以来今でも喉の辺りの軟骨？　にズレたような感覚がある。元々首の骨格に異常があるところへ不自然な力が加わり、おかしくなったのかもしれない。首の角度によって、飲み込む時「コキッ」と引っ掛かりがある。医者やヘルパーに説明のしようがなくて、ほったらかしのままだ。

このまま遊び続けては身体が持たないと悟って、ＰｏＥは自分から卒業した。操作方法は比較的単純なゲームシステムだったが、次第に効率良く戦うには忙しなく複雑な操作を要求されるようになっていた。プレイ自体に身体の負担が大きくなったことからも、止め時だと判断した。ハマり過ぎて続けられなくなることは、これが初めてだ。

twitch（ツイッチ）という、ゲーム実況のライブ配信サービスがある。私もそのＷｅｂサイトでゲームの実況配信を始めてみた。やがて視聴者のコメントで4chan（英語圏における

2ちゃんねる）に誹謗中傷が投稿されていると知らされる。まるでゴブリンに似ている、と揶揄されていると。私の風貌は病気の影響で、ある種特徴的だ。それに頭部の重みを支えきれず、首が極端に短い。悔しいが的を射た中傷だ。腹が立っても、わざわざ4chanを開いてまでノコノコ確認しに行くのは馬鹿らしい。こういう不愉快なネット上の書き込みは放っておくのが一番だ。誹謗中傷する側に甘い時代だった。

しばらく配信を日課にしてはみても、無言でゲームをするだけでは眠気と怠さを感じて意欲も低下していく。観ている方もこんな配信、退屈に違いないだろう。平凡なプレイヤーが視聴者を定着させたければ、何でもいいからリアクションをすべきだ。独り言の多い性格だったらまだ望みはある。真逆のような性格では、視聴者が増える訳もなく配信すること自体面倒になって、大して続けられなかった。

収入は障害年金と福祉手当のみ。慎ましく暮らせば多少蓄えられるかどうかの金額。生きる気力もない自分に、それだけの金銭が支給されることに申し訳なさすら感じていた。かといって、怠惰な生活から抜け出す気持ちも湧いてこない。移住先のネトゲが見つからない時は最低限の支出で生活するため、金の掛からない暇つぶしに逃げた。主に「ＲＰＧツクール」や「WOLF RPGエディター」、「吉里吉里」などのゲーム制作ツールを利用して、個人や同人活動で作られた無料のフリーゲーム（略してフリゲ）や、Ｗｅｂ漫画に傾倒していったのは必然のようなものだった。「TRUE REMEMBERANCE」、「送電塔のミメイ」、「時流」、「ひとかた」、「Bye」、「ナルキッソス」、「去人たち」、「正義の味方ギガトラスト」。

これらは、ビジュアルノベルに分類されるフリゲだ。操作方法がシンプルで小説を読む感覚で進められ、ストーリー性が高い。やせ細って行き場を見失った心には、優しく染み入るように感情を動かされた。内容自体の完成度に加えて、小規模なクリエイターが無償で高クオリティの作品を発表しているという、その事実に尊敬と畏怖の念を抱いた。

多くの人が携わり、大変なコストを費やし売れることを目指して作り出されている商業作品は、有料であること以外にも出来レースに乗せられるような気がして、一層遠ざけるようになっていく。音楽や映画、ドラマやアニメ。多くの娯楽作品がどんな意図をもって世の中に広まっているのか。個々人が注意深く観察する必要のあることを、どれだけの人が自覚しているだろう。こんな話は陰謀論めいてしまい、相手にもしてもらえない可能性が高い。

しかしながら、あらゆる先入観を取り去って考えると、猜疑心から出発する警戒心を伴った思索が止まらなくなる。あの手この手のエンターテインメントは、何かから目を逸らせるための誘導ではないのか。あっという間に情報が拡散・伝播する時代だからこそ、マスメディアは兵器になり得ることを常に意識して、安易に踊らされぬよう慎重に接触する必要があるだろう。流布された情報について正誤はもちろん、知らしめることで誰の不利益になるか、どんな集団の利益を生むか見抜かなければいけないと感じている。得てしてそれは、巧妙に隠され大衆はいともたやすく騙されるのだ。

世間一般から見れば、どこか拗らせた世界で生きているような私にとって、採算度外視で開発され無償公開している作品は捻くれた思考が鳴りを潜め、受け入れやすかった。「こんなゲームや漫画を知っている俺、カッコイイ」という感じの中二病の延長にある、恥ずかしい優越感にも浸っていた。

他にもモナーRPGやVIPRPGの作品群、その他検索で見つけた目ぼしいゲームを拾っては試す。その中でも「黄昏の世界」、「おっさん or die」は中毒性が高いRPGで、延々と繰り返しプレイした。「Spiral Tale, Knights Of Hate」は、ファイアーエムブレムのようなシミュレーションRPG。あまり好んでプレイしないジャンルだったが、このゲームはストーリーが秀逸で引き込まれ、最後まで飽きなかった。「Seraphic Blue」は自作の戦闘システムを備えたRPGだ。取っつきにくく非常に人を選ぶ作風だが、ストーリーも複雑かつ重厚でラストも自分好みだった。数あるフリゲの中で、最高傑作だと思っている。思い出補正が多分にあるかもしれないが、これを越えるゲームが出てくる気がしない。

ふとした切っ掛けで、「バクバクバク」というWeb漫画が目に留まった。読み始めると止め時が分からないほどハマってしまう。それが「新都社」を知る第一歩だった。「覇記」、

「侠」、「ピーチボーイリバーサイド」、「ワンパンマン」といった読者からのコメント数が多い作品から、マニアックなものまで何でも読んだ。個人サイトで連載している漫画もたくさんあった。「ピョウ」、「スイーックエストオンライン」、「RBB（赤黒き蒼）」、「虫籠のカガステル」、「オーシャンまなぶ」、「Balancer」等々。

特に「胎界主」は三回くらい途中で断念して、それでもネットでの評判が良かったため、諦めず繰り返し見ている内に、どっぷり魅了されてしまった。至る所に伏線が張られているストーリーは、理解するほど後々ハッとさせられる。コンスタントにフルカラーで連載し続けているその精神力と執念は、並大抵のものではない。2ちゃんねるのスレッドを追い掛け、次の展開を予想した書き込みに納得したり自分の考えも書き込んだりした。

ここで列挙したものは、ほんの一握りにしか過ぎない。完結しているもの、現在も連載が続いているもの、商業化されたもの、打ち切られたもの、作品によって様々だ。私は自分の好きなものを魅力的に伝えることが苦手だ。薦めたいものがあっても、説明した途端パッとしない平凡な作品の印象を与えてしまう。自分の話術の貧弱さと、無償で楽しませてもらっているくせに、より多くの人へ広めることすらできない不甲斐なさを感じる。とても営業職は勤まらない性格なのだろう、と常々思う。

感銘を受け一時は楽しめるが、琴線に触れる作品と出会っても心からは感動できない。何かを見終わった後は「でも、自分だってこれだけの目に遭っているし」と不幸に優劣をつけ、卑屈な思考が割り込んできては水を差す。自分に理解者がいないということの侘しさと共に、現実へ引き戻される。もう、心の底から純粋に笑ったり喜んだりできることはないのだろう、と自分の中で見切りをつけていた。

ファイル交換ソフトに手を出して、エロ動画やエロゲの収集に熱を上げた。買い換えた後の旧ノートPCを遠隔操作して二十四時間、実行しっぱなしにする。ネットワークドライブを買ってLAN経由で保存した。途中からはファイルの中身そのものより、集めること自体が目的になっていたように思う。パソコンの調子を見るために、ヘルパーに機材を色々動かしてみてもらった拍子に、そのネットワークドライブが床に落ちた。

アクセスしようとしても、異音がするばかりで読み込めなくなっていた。物が物だけに、わざわざ修理に出す気にもならない。それに、直る保証もない。これを切っ掛けに、収集癖もすっかり冷めていった。データをごっそり失って、自分の中のどこか一部分が切り取られたような喪失感。ニートの現状に対する虚無感が、より強くなった。

ヤフチャが閉鎖されると、次の移住先が見つからない。mixiに登録しても続かず、SkypeやDiscordを使ってみても親しい人はできない。そもそもボイスチャットは一向に馴染めず会話が続かなかった。イケボでそれなりのコミュ力がなければ、すぐに相手から切断される。ネット人口が増えると健全性が声高に叫ばれるようになって、アングラな雰囲気は排除されつつあった。ヤフチャと同様なサービスは見当たらず、アダルトサイトは有料ばかり。私のようなはみ出し者には肩身が狭くなっていく。ＦＣ２でリアルの性別も分からない相手を女性と想定しては、今までのような行為に走るくらいが関の山だ。

たまにローテーションで訪問してきた比較的話しやすい看護師に、やることが見つからない、趣味がないとほんの少し心の内を明かす。真剣に話を聞いてくれて、今度来る時、何かいい案がないか探してくるとまで言ってくれた。ケアの終わり際、一番したいことは何かと聞かれる。そんなもの、性行為以外になかった。露骨に口にするのも憚られた。誰にも分かってはもらえないのだという悔しさ。それにこの現状から抜け出せそうな淡い期待は、不幸でいることを義務づけるように自己否定を繰り返す精神状態には、眩し過ぎた。瞬間的に全てを拒絶するように、「消えろ！」と口走っていた。それは、相手に対してが半分、自分自身に向けてが残り半分の捨て台詞だ。もうその人は来なくなったがそれでいい、と自嘲し看護師への申し訳なさを塗り潰すように、満足感さえ覚えていた。

Ｗｅｂ漫画、フリゲ、ネトゲにアダルトコンテンツ。ネットの世界から享受できたのは刹那の現実逃避だけだった。ネット上の人間関係は続かず、その場限りの消耗品に過ぎない。それは誰のせいでもなく、自分自身の問題だと分かっている。頭で理解していても、どうしようもなかった。リアルで幾分気に掛け、心配してくれているような人も故意に遠ざけ一人、また一人と関係を断ち切っていく。

それから数年間は、ニート生活の中でも特に人生で一番社会的に孤立を感じ、自暴自棄になっていた。本当に愚かなことを色々やってしまった。「無敵の人」として暴走に歯止めが利かなくなり、社会的に死んだって構わないと思うようになる。

夕食の家事援助。一時間以内で調理に配膳、下膳、歯磨きまでを済ませなければいけない時間帯だ。香水か洗剤の、甘い匂いを漂わせて家へ来るヘルパーがいた。既婚で、おばさんというにはまだ少し若く見える感じの、優しそうでかわいらしい人。独りひきこもりの生活で、そんな匂いを纏っているような女性はデリヘル嬢ぐらいのものである。いい匂いをさせてこないでくれとも訴えられず、毎回毎回、条件反射でエロい妄想に囚われ、抜け出せなくなっていった。彼女に責任をなすりつけたい訳ではない。どんなことでも切っ掛けになる可能性があって、恐らく遅かれ早かれ人としての抑制は効かなくなったのだ。それは私の未熟さ、心の弱さの表れなのだろう。

張り詰めた糸が切れたように、迷惑極まりない自分勝手な言動に走った。独りよがりな振る舞いは、次第にタガが外れたように酷くなっていく。落ちるところまで落ちていくような感覚に埋没しながら、なおのこと理性的な思考を鈍らせて、問題行動を加速させた。一人だけで飽き足らず、何人かのヘルパーが私の言動に堪え兼ねて、担当を降りていった。それだけでなく、サービス提供責任者から口頭で注意を受ける。全面的な非は私にあり、反論の余地もない。何も言わず、ただもうしないとだけ約束した。心の中では、積もりに積もったこれまでの介護に対する不平不満を盾に、愚劣な自己正当化を図って反省の色は微塵もないのだった。

訪問看護の時間、頻繁に来る担当の看護師とそりが合わず、反抗してばかりいた。明るい態度で声を掛けてくる度、鬱陶しい。不機嫌な表情を返しているのに、おかまいなしで話し掛けられる。おちょくられているような、軽んじられているような不快感が湧くだけだ。心底関わり合いたくないと思う。「北風と太陽」で例えるなら、全ての言動が北風にしか感じられない。そのため、心を開いて会話する気には少しもなれず、頑なになる一方だ。

いつもと同様、横柄な態度をしているとそんなに眉間に皺を寄せていると跡が残るよ、と突っ込まれた。表情を緩めたところでもう、とっくの昔に跡が消えないほど深い皺になっている。それを、言い返すこともなくただ黙って聞き流す。この人は、本当に何も分かろうとしていないのだと自分の中で決めつける。それからしばらくは耐えていたが、いい加減限界になり担当を外してほしいと管理者へ掛け合った。

最後の訪問日、今まで見せたことのないくらい真剣な表情で、涙目になりながら謝罪された。散々不愉快な目に遭わされ、泣きたいのはこっちの方だった。今更何をしたところで手遅れなことを理解していないのか。謝るならもっと早い段階でなければ意味がない。冷ややかな気持ちで処置が終わるのを、黙って待っていた。

翌週から担当になった看護師は優しそうで、静かな雰囲気の人だった。それがまた、良くない方向へと作用してしまう。一か月と経たず訪問看護に対しても非常識なことをして、さらに別の人へ担当が変わる。同時に、訪問看護の管理者から注意を受けることになった。淡々と事務的に、問題になることはやめるよう注意された。

介護事業所も訪問看護も、私の様子がおかしくても原因まで追究してきたりせず、表面上しか見てくれはしない。最低限契約通りのサービスを提供して、金になれば充分なのだろうと感じる。テレビや小説のような、救いのある展開は望むべくもない。誰も心の中までは気に掛けないし、仮に寄り添おうとしようものなら、反射的に迷惑だと撥ねつけただろう。今までそうやって、拒絶し続けてきたのだ。

結局、自分一人で抱え込み、誰にも相談することなく思い詰めていた。身近にいる関係者に好き勝手八つ当たりしても、私自身まるで満たされはしない事実に、反省の気持ちからではなく諦めに似た虚しさから、変な気を起こす意欲は次第に削がれていく。それでも、この時点では完全に行動を改めるには至らなかった。散発的に、人を選んでは迷惑を掛け続けて、ニート生活を脱却するまで続いた。

周囲の人間から極力目を背けても、性欲自体を消すことは難しい。悶々とする日々にヒトとの接触を欲する。金銭面で負担の大きいデリヘルは、無意味に情を移してしまう展開を恐れ利用する気が失せていた。ネットで中途半端にエロい行為をしても満ち足りない。お金を使わず、それでいてリアルで触れ合いたかった。ホワイトハンズの存在も知っていたが、自分で処理できない人が対象のようだ。私のように半端な身体で依頼しても門前払いされるだけだろう。

Twitterで何か呟こうと思っても、言葉になるのはヘルパーへの文句か生活上の愚痴ばかり。どこへ行ったとか、あれが美味しかったとか、そういった誰かの関心を引きやすそうなコメントは書きようもない。ゲームや漫画の感想はどうか。月並みなことしか思いつかないし、わざわざ文章にしようと思わなかった。読書感想文が苦手だった性分では、感想を書かねばならない、と意識してしまうと義務感が芽生えて素の感想を見失う。一か月程度は投稿していただろうか？　それを過ぎると、ログインすることさえ億劫になった。

真っ当な使い方を放棄して、裏アカウントを作った。後ろめたいことを目的に投稿したり、交流したりするためのアカウントとして、よく「裏垢」と呼ばれている。不純な動機で利用しても、寄ってくるのは碌でもないアカウントばかりだ。

まず、ＢＯＴ。宣伝目的で機械的にフォローしてくる。定期的に呟いているが、中身はどこかのアダルトサイトへ誘導するリンクが多い。試しに踏んでみれば、有料サイトへ登録を促すようなページが表示される。こんなものに登録する人がいるのだろうか。まあ引っ掛かる人がいるから、成り立ってしまうのだろう。悪質な詐欺サイトは、開いて即料金が発生したかのように警告を出し、支払いを強要してくる。

それに、出会いを斡旋すると嘯く業者。興味を示す振りをしてみると、ＬＩＮＥへ誘導された。いくつか指定のアプリをインストールして会員登録しろと指示される。怪しさ満点で面倒になり、途中から取り合わなかった。

それから、自身のエロい画像や動画を売りつけようとしてくる人。そもそも、本人の物かどうかも疑わしい。アマギフ〇円分くれたら渡します。と書かれている。Amazon ギフト券のことだ。わざわざお金を払ってまで欲しいとは思わない。絡まれるだけ時間の無駄だった。ちゃんと意志疎通のできるアカウントを見分けるのも難しく、どれもこれも怪しく見えてしまう。ほいほい男女がオフラインで出会って事件になっているのを見ても、それはそれで引っ掛ける方は、ある意味才能があるのだろう。会えるだけで満足でも、私には到底真似のできない芸当だ。ハイリスクの上にリターンはゼロだと実感するだけで、やる気もなくなり裏垢も放置するようになる。

女性が他人の家まで出向くことは勇気が要るだろうし、そこまでのリスクを負って私の相手をしてくれそうな女性など、宝くじに当たるより期待できなかった。チャットやSNSで男と分かっていながら、男性が絡んでくることはよくある。冷やかしや中傷目的以外に、ただ相手を求めているだけのことも多い。いっそのこと、ゲイの掲示板にでも書き込んでみようかと考えつく。マイノリティーのコミュニティだったら、相手にしてもらえるんじゃないか。性別すらどうでもよくなるほど、孤独感とさびしさに苛まれていた。性病とか暴力とか、事件性のあることに巻き込まれる危険も承知の上で募集をした。むしろ立ち直れないぐらい酷い目に遭ったら、もう二度と性的な衝動に悩まされなくて済んで楽になれるのではないか、という屈折した期待もあった。

こちらの一方的な頼みでも、家まで来てくれるという人と連絡を取る。住所を教えることに不安は多少あったが、教えないことには話が進まない。昼間、ヘルパーが訪問していない時間帯に約束をした。身体の状況は前もって教えていても、いざ対面すると及び腰になっている雰囲気だ。蓋を開ければ、ほとんど自慰を手伝ってもらっただけ、という期待外れの結果で終わる。大して会話があるでもなく、その日限りの関係だ。二人ほどそんな調子で会ってみたが一度切りで、二度目はなかった。こんな身体では、やはり風俗のプロしかまともに相手をしてくれないのかと、失望と共にリアルもネットでも人肌を求めることは諦めた。

やること為すこと軒並み空回りで、結局何も得られない。生きていて楽しいと思えることがほとんどなくなった。酒も飲まず、食欲もなく、ただ毎日同じことを延々と繰り返すだけ。何十年と無視し続け放置してきた、四六時中治まることのない膨満感くらいは軽減したいと思うようになる。やると決めたら、徹底的に食事制限して豆腐と青汁くらいしか、口にしない。元から食べることに執着がないため、苦にはならなかった。

節制直後は、目に見えて腹部が張らなくなり、すっきりして効果があったかに見えた。しかし排便のリズムは不規則なままだ。便秘に変わりはなく精一杯いきんで、コロコロの硬い便をやっと出すことが多い。出した後も残便感があって、腹を触ると大腸の辺りにごつごつと便が残っている。構わずそのまま過度な偏食を続けていると、ある晩酷い腹痛が起きた。

その日の夜は、いつも通り排便を済ませて介護の時間は終わっていた。ある程度の量が出ていたし、何か問題が起きるようには思っていなかった。それでも腸内には、中途半端に出し切れない便が溜まりに溜まっていたようだ。ガスが出そうで出ない状態でいると、少しずつ痛みが増してくる。一向に軽快する様子はなく、脂汗が出てきた。仕方なく訪問看護に連絡を入れ、夜間の当番をしている看護師が来ることになった。

運の悪いことに、待機していたのは担当を外れさせた例の看護師だった。借りを作るようで癪に障るが、そんな余裕もないほど痛い。往診の医師も呼んで診てもらう。腸が全然動いていない。膨れた腹を、ぐいぐいと容赦なく圧迫されても効果はなさそうだ。その場では浣腸することはなかったが、考えがあってのことだろうか。数秒置きに周期的に激痛が走る。腸が動こうとする度に、痛覚が刺激されているように感じた。骨折とも、腎臓結石ともまた違う、耐えがたい苦しみに身悶えるしかない。

救急車で運ばれて、点滴を打たれる。レントゲンを撮ると、予想通り便とガスが滞留していて、腸閉塞疑いということだ。浣腸されて時間が経つと、排便があった。元から浣腸の効きも悪い。時間を置いて出るものが出始めると、腹痛も和らいでいく。腸が完全に落ち着くまでの大体一週間、入院していた。偏食と便秘からこんなに苦しむことになるとは思わなかった。何かを試すにつけ、裏目に出ることばかりで情けない。大騒ぎして周囲に迷惑を掛けたことにも嫌気が差す。退院してからは、極端に偏った食事を改めた。

一週間程度でも入院生活を経て、また少し精神状態は落ち着きを取り戻す。そして改めて先々のことを考える……。三十代も後半になってしまい、このままでいいのか。一切これといった義務も責任も持たずに生活することは、自由気ままで快適だと羨ましく感じる人もいるだろう。しかし、何の満足感も得られない暮らしを続けて行くことに、私は耐えられそうもない。確たる趣味があって没頭できるならまだしも、そういったものはとんと見つかっていなかった。

何十年と引きこもってニートを続けている人は、ある意味それも才能ではないかとさえ感じた。まったく制約に縛られない暮らしは、制約のある暮らしよりずっと生きづらい。私にとっては、仕事が最良の現実逃避なのだろう。そして社会との数少ない接点でもあった事実を事ここに至ってようやく思い知り、自覚せずにはいられなかった。

期待は薄かったが、担当の相談員に在宅で働ける仕事を探したいと伝えた。障がい者を対象にした求人を扱う窓口とコンタクトを取ってもらう。気長に待つつもりで覚悟を決めた矢先、間を置かず連絡が入った。完全在宅勤務の求人があるという。しかも今までの経験を活かせそうな、Ｗｅｂ関係の会社だそうだ。何だか出来過ぎた展開で、またとない好条件に期待感が膨らんだ。

早速十年振りに、履歴書を用意する。会社の採用担当者が面接のために家を訪問してくださった。長いブランクが負い目になって、不安で心が落ち着かない。会社の人はとても前向きに話を進めてくれて、まずは働く前段階として研修を受けることになった。詳しいことは、次章に譲ろう。

明るいニュースが舞い込んで、久方ぶりに心が浮き立つ。長い間忘れていた感情だった。履歴書にはもっともらしい志望動機を書き並べ立てたが、本音は現実逃避がしたいからでしかない。その一点に限っては後ろめたさを感じる。そして、とんとん拍子に再就職の話が進んだ。

　研修の予定を数か月後に控えたある日、大きな問題が持ち上がった。タイミングは最悪だ。折角ターニングポイントを掴み掛けているのに、自分の落ち度で台無しになってしまうのだろうかと大きな不安を覚える。希望から絶望へ突き落とす顛末が待っているから、信じられないほど運良く会社が見つかったのかとも考えた。私のような日陰者、人並みの扱いを受ける資格はないのだ。

　自業自得のその過ちは、両親を呼ばれ事情が全て筒抜けとなる。物凄く気まずい。こんなしょうもないことで呼びつけられて、合わせる顔がないとはこのことだ。しかしもう、なるようにしかならない。親はネットに疎いから、どこまで正確に理解しているのか分からない。面と向かっても目を合わせられず、会話らしい会話もなし。親の方もどういう態度を取ったらいいのかはっきりしない様子だった。

　事実関係を取り纏めるのは、驚いたことに女性の担当者だ。傍らに男性が一人、記録を取る係のようだ。二人を前に、事情を問い質されても返答できずに口を閉ざす。ひたすら俯き沈黙し続けた。言い訳をする気にさえならない。まともに意思表示もできない態度のくせに、何でもするからさっさと終わらせてほしいという一念が脳内を埋め尽くしている。向こうも痺れを切らしたらしく、質問は肯定か否定、二者択一の問い掛けに変わる。あらゆる感情を押し殺すように死んだ目で、辛うじて機械的に首肯するのが精一杯だ。

自分のことを棚に上げ、どうして女性が担当なのだろうかと、そのことばかりが気になってしまう。仮に私が筋金入りのドMだったなら、少々特殊なSMプレイそのものだ。客観的に見れば滑稽に映るような絵面である。

一通りの確認が済み、解放される。その日の夜は、あの担当者は一体どういう気持ちで私に相対していたのかと、そんな疑問がぐるぐると渦巻き頭から離れない。仕事と割り切って、何とも思わないのだろうか。それとも、いい歳をして愚かな道に踏み込んだ男を詰問できて、ストレス解消になっているのか。男女平等、女性参画とはいうがこれは何か違うんじゃないのかと腑に落ちない思考を持て余していた。

解決するまでの数週間、生きた心地がしない。粛々と事務的に処理されていく。結論が出るまでに、全然反省の気持ちは湧いてこなかった。元から繰り返す気は失せていて、もっと早く切り上げていれば良かったとだけ考える。マークシート式の試験で、当てずっぽうで塗り潰した番号が正解している時のような、決まりに則って淡々と進んだだけで情感に訴えることは少しもない。指示に従い、義務を果たすと何事もなかったかのように日常が戻った。

後ろめたいことが無駄に増えてしまったが、どうにか短期間で解決して力が抜ける。研修は予定通り受けられそうだ。在宅で働けるならば、今までのように離職するリスクも低いはず。自己嫌悪も自殺願望も、完全になくせず燻り続けている。無信論者なのも相変わらずだ。これでニートに戻ったら、精神が耐えられそうにもない。一から再出発するつもりで、気持ちを新たにして研修に臨むのだった。

歯切れの悪い描写が続いたことには、読者に対し申し開きのしようもない。もったいぶった中途半端なことを書くくらいならば、最初から書くなと思うだろう。実際、一度はもっと詳細に書き下したのだ。しかしそれは、表現の自由を越えていた。取りあえず、根こそぎ該当部分は削除して、結末までを書き終えた。

一通り完成し終わって、どうしても画竜点睛を欠く想いが残る。やってしまった過去を無にすることで自分をごまかすようなことをしたくない。一切記述しないで世に出した後悔と、最大限肉薄して記述した場合の後悔。両者を天秤に掛けて、前者がより大きな後悔になるように思う。可能な限り掬い上げるように、抉るように言葉にしておかねば、このエッセイを書く意味が薄れる。ただセンセーショナルなことを書いて目立ちたいだけだろう、という誹りを免れないだろうことも想像に難くない。それでも、自分にとって忘れてはならない過ちとして、自戒を込めて可能な限りここに記した。

伝えたいことは、人は状況によってどこまででも深みにはまり、抜け出せなくなるということだ。私個人の弱さを責任転嫁して、一般化したいだけかもしれない。他人からは共感を得にくいことだろう。しかし、私なりに実感したこととして書かずにはいられなかった。

十二、再就職

在宅勤務に向けて、再就職先の会社が実施している研修が始まった。二、三か月程度の期間、オンラインで教材を読み込み課題を解く。定期的に講師とオンラインで、ビデオ通話によるコミュニケーションを取りながら学習していくスタイルだ。Ｗｅｂに関する基本的な知識を中心として、在宅勤務に必要な事柄も学ぶ。自主開催ということで受講生は、私一人だけだった。気を遣わず黙々と進められるし、ほとんど口を利かない生活から社会復帰する滑り出しには、おあつらえ向きだ。

エロい目的でしかビデオ通話をしていなかった私にとっては、「真っ当な」使い方に奇妙な新鮮さを感じた。最初は、他の人の発言と被らないように間の取り方に戸惑ったり、真面目な顔をして一人画面に喋り掛ける気恥ずかしさがあった。何度か繰り返す内に、少しずつ慣れていく。

変化の早い業界だから、十年のブランクはどのくらい影響があるか不安に思っていた。それでも根本的な技術は変わっていない。学習を進めていくと、どれもこれも懐かしい気持ちさえ湧いてくる。在職中に経験してきた事柄が多く、復習するようなものだった。まだまだ自分の培ってきたスキルが、充分通用することが分かり少し安心した。新たに標準化されたり、追加されてきた仕様は少しずつ自分の中に落とし込んでいく。

直接自宅に講師が訪問された日、履歴書の書き方を熱心に指導される。他の企業に応募するかのような勢いで圧倒され戸惑い、少し不思議な感じがした。この会社で働かせてもらうつもりで研修を受けているのに、採用してもらえないのだろうか。一抹の不安を感じつつも、全過程を無事に終了する。在宅勤務ができそうだという結論になった。

希望する職種は、プログラミングスキルを活かせることがしたいと伝えた。仕事からドロップアウトした時には、もう二度とプログラミングで生計を立ててやるものか、と真逆のことを考えていた。パソコンに疎いユーザーに対して快適な操作画面を提供するには、きめ細かな配慮が必要だ。それは、ボランティア精神に近い。当時の荒んだ精神状態では、キーボードの操作すらおぼつかないような人に向けてプログラムを作り込む労力に、意義を感じられなかった。しかし、やはり一番興味を引くのはHTMLやCSSではなく、JavaScriptやPHPでコーディングすることだ。自分で組んだソースコードが、正しく目的に沿って動作すると気持ちが良い。

会社とのやり取りを続けながら、日中の勤務時間を確保するために介護時間も見直す。午前中に予定を組んでいた入浴が一番の問題だ。遅い時間帯へ繰り下げようにも、対応可能なヘルパーが少なく大幅な予定変更は難しい。元々事業所一つ（こちらを事業所A、としよう）では限界があって、一部の時間帯を別の事業所（事業所B、とする）に頼んでいた。そこで追加として週三日、夜に入浴介助をしてくれるか確認すると応じてもらえた。話がまとまる前、事業所Aの相談員と責任者が、考え直してくれないかとやってきた。今までの経緯から考えて、希望通りにヘルパーが確保できるとは、およそ期待できない。説得されたところで、時間の無駄だ。三十分近く押し問答をした挙句に、結論は変わらず帰ってもらった。

これで話は終わったと思っていたら、今度は社長が直々にやってきた。まだ諦めていないようだ。「長い間お世話をさせてもらってきて、これからも入浴を続けさせてほしい」と、情に訴えるような口ぶりで言ってくる。そんなのは、私の中ではとっくに情けを掛け続けているのだ。何を今更、という風にしか思えない。

支給量が激減して、藁にも縋るような思いで契約した時には心底助けられた。ただ、その後の対応には納得できないことも多く、何度他の事業所に変えようと思ったことか。辞めていく責任者やヘルパーの中には、新たに起業するから契約しないかと声を掛けられることもあった。そういった誘いも無視してきた。寝たきりの遠因の一端も、ヘルパーにあると思っているが証明できないし、なかったことにした。

第一、慢性的に不足するヘルパーが、夜に安定して確保できるとは思えない。最低一人は男性ヘルパーに入ってもらう必要があるのに、昼間でも代わりとして女性二人になる場合が増えていた。しかも既に、就寝の準備に人手が足りず、事業所Bが入っている。社長は現場のことをきちんと理解しているのか、と疑問を呈するほどの認識不足を感じる。

頭の中では色々と理由を思い浮かべつつ、はっきり言葉にできない。社長との温度差は決定的であっても、食い下がられて前回以上に時間を費やし延々と平行線を辿った。結局入浴介助については、こちらの要望通りで決着がつく。後日お詫びにと、菓子折りを寄越されるが大人気ないとは思いつつ、断った。重度の便秘は良くなっておらず、偏食は止めていたが間食もしないように過ごしていた。

事業所Bは男性ヘルパーの人数が多く、入浴を頼んで正解だった。安定して毎回、二人の内一人は男性ヘルパーを手配してもらえる。事業所の変更前は、浴室の床に寝て身体を洗っていた。介助する側の負担も大きいため、入浴時に私を寝かせる台も用意してもらう。介助内容についても、骨折しやすい身体に配慮しながら、概ね必要充分にやってくれる。

これだけ世話になっていて、批判的な考えは控えたいと思うが、どうしても苛立ちを覚えることが二点ある。笑わされ過ぎることと、暮らし振りについての主張が強いことだ。

笑わされ過ぎるというのは、ヘルパーの冗談を聞いているとつい吹き出してしまい、息継ぎができないほど笑い転げさせられる。これは、私の性格にも問題はあった。何年にも渡って対人コミュニケーションを怠ってきたせいか、笑いの沸点が極端に低い。ちょっとしたことでも、スイッチが入ってしまうと制御が利かない。笑うまいと意識するほど、逆におかしくなって余計に腹筋を使う。だから、特定のヘルパーが訪問してくる度に笑ってしまって、呼吸困難で苦しむ。そのヘルパーからしてみれば、楽しそうにしていて良い傾向だと思っているのだろう。それは大きな誤りだと、まったく理解してもらえない。

話の内容にしても、他のヘルパーの悪口とか失敗談や品のない下ネタなど、精神衛生上聞いていたいと思えないことばかりを平然と耳に入れてくる。若い女性ヘルパーと訪問中に、どんなエロ動画を見ているのか私に質問してきたり、ノリが旧態依然とした昭和の発想で、時代の流れにそぐわない会話なこともストレスになっていた。再就職した会社では、人権啓発やハラスメントについての学習会が実施されていて、令和に求められる倫理観を学ぶ。それがなお一層、二つの時代それぞれの価値観から生じるギャップを際立たせる。

主張が強い点については、あれを買った方がいい、これを買った方がいいと、お節介を焼かれることだ。あまりしつこいので、珪藻土のバスマットを仕方なく購入した。使っている内に吸水力は落ち、かびだらけになって捨てるしかなくなる。きちんと手入れをしていたら違ったのかもしれないが、毎日同じ人が来る訳でもないため、管理は行き届かない。洗ったり乾かしたりするように頼まない自分にも、落ち度があったとは思う。しかし元々欲していなかった品を買ってのことで、ほとほとこの手の「アドバイス」には手を焼いている。

　利用者の生活を善くしてやろう、という気持ちの表れではあるだろう。それでも私には、大きなお世話にしか思えない。他人の家の、日常生活に関与しているという遠慮や謙虚さのようなものが一切感じられなくて癇に障る。十数年一人暮らしをやってきて、紆余曲折を経ている事実をまるで考慮していない様子が腹立たしい。こちらから相談したことでもなく、共同生活をしている訳でもない者にあれこれ指示されたくはない。

　これらの苛立ちさえなければ、介護時間の全てを事業所Bに任せたいくらいなのに残念に思う。仮に全部任せたら、どれだけ口煩く干渉されるか。それを考えると事業所Aの契約も、続けていくしかないと考えている。

　介護職の人が読んでくれていたら、文句ばかり並べ立てる私のような利用者の世話はしたくない、と思っていることだろう。それもよく分かる。しかし、私の要望は単純なことだ。手足の不自由さに起因する不可能な動作を、骨折しないように介助して欲しいだけ。

　そのためにも極力毎日、イレギュラーな対応が起きないように注意しているつもりだ。入浴や調理は、毎回ほぼ同じ内容で済ませられるよう意識している。献立にしても、限られた訪問時間内に間に合うように、誰でも簡単に作れるメニューという観点を優先して決めている。ヘルパーがなるべく混乱しないように、一貫性のある暮らしを維持しているのだ。最低限、声掛けや合図が必要な時にコミュニケーションを取ってくれるだけで構わない。それ以上慣れ合う気もなければ、保護者にでもなったかのような度を越えた気遣いも不要。もう今更、ヘルパーに対して過剰な期待も幻想も抱いてはいない。

何か元に戻せないことをする前には、聞いてから行動してほしいと何度も伝えている。大抵のヘルパーは、自分が良かれと思ったことはすぐに行動に移す。こちらもぐっと堪えて、にこやかに礼の一つでも示すのが大人の対応なのかもしれない。けれどほとんどの場合、余計なことだったりする。せめて一声掛けて、私に決定権を委ねてほしいと常々思う。水道光熱費も日用雑貨も、財源は私の財布なのだから。

こんな風に書くと、介護を受ける側でありながら偉そうだ、冷たい人間だと思われるかもしれない。実際、愛想良くもできないし、ヘルパーにしてみたらやりがいを感じられる利用者ではない自覚も持っている。生きていて何の楽しみも喜びも見つけられないのだから、放っておいてほしいのだ。

だったら今からでも、手術やリハビリをして側弯症を治し、股関節を治し、腎臓結石を取り除いてＱＯＬを改善してヘルパーの手を借りない生活を目指せばいい。と指摘されれば返す言葉もない。その通りだと思う。しかしそれら全て解決したとして、私に何がある？

今更物理的な自由度が増すところで、この歪み切っている精神で何ができる？　治療にはリスクもあるし、率先して入院生活を送るような気力は残っていない。「自分から進んで治療のための生活を送る」それは、六歳の時に一度起こした決断だ。同様の失敗を繰り返す可能性が頭から離れず、恐怖心と絶望感が私に寝たきり生活を選択させ続けている。

無理せず安静に努めていれば、ここまで重度になっていなかったかもしれない。ただ、早々に心の芯から人生を放棄したような心境を抱えていて、寝たきりではない生活だったとしても今より生きやすかったかは分からない。身体の自由が利いていたら、とっくに自分から命を断つ行動に再び走っていたのではないだろうか。

入社を機に、眼鏡を購入する。ピリオドとカンマといった判別の難しい、細かい文字を間違えたりしないようにと考えてのことだ。今のいままで裸眼で過ごしていたものの、乱視と近視の影響で細かいものは目を細めて見ていた。眼鏡を使ったら父の風貌に近づくことにも抵抗があって、ずっと目の悪さを無視してきた。日常的に片目で凝視することが癖になって、斜視もある。両目の焦点を合わせると、文字がぼやけて頭に入ってこない。業者が訪問してレンズを調整してくれたので、眼鏡は自宅にいながら作ってもらうことができた。

目元に気を配るようになって、逆さまつげがあることに気づく。三十六年間、誰も見つけてくれなかったし、自分でも分からなかった。まじまじと顔を見つめてもらえるような人間関係を築き上げてこなかった事実に思い至る。誰にも気に掛けてもらえない、その程度の人間だったのだ、と改めて悲しくなる。小学生時代から、時々充血してはファミコンで遊ぶのを止められていた原因が、初めて分かった瞬間だった。

この一件で長年当たり前に見過ごしてきたことにも、先入観を排除して考察すれば思いも寄らない発見がある可能性に、考えが及ぶようになる。そして子供の時分、漫画の価値観に振り回された経緯を自覚するに至った。足の補装具も、寝たきりになった状態では骨折の保護というメリットより、入浴前後の脱着の手間の方が大きいので使わなくなる。ずっと身体の一部のように生活してきた習慣を止めるのには、骨折しやしないかという不安感を許容する覚悟が必要だった。

呆気なく体調を崩しては、会社に迷惑を掛ける。そんな事態は避けたいという目的意識があると行動力も増す。ネトゲ三昧で受傷した尻の褥瘡は、まだ治っていなかった。これ以上の悪化を防ぐため、床ずれ防止のベッドパットを購入する。訪問歯科にも来てもらうようにした。入社までの期間は手持ち無沙汰で、近年追加されたJavaScriptの新しい仕様を確認したり、Gitの扱い方を自習したりしていた。

生活環境を改善していき、就業に支障が出ないように一通りの準備ができる。この機会を棒に振ったら、もう一生職を得る機会はないかもしれないと強い危機感を持って、研修を終えた年の四月に入社日を迎えた。

障がい者雇用に特化している会社で、同期は全員障がい者だ。会社に入って数か月間は、他の人と一緒に新人教育を受ける。入社前に研修を受けた後で、また同じようなことをするのかと若干食傷気味だ。最初の内からそんなことではいけないと、新人らしからぬ批判的な思考を隅に追いやり、気持ちを引き締めて臨む。きちんとした入社試験は未実施であっても、大きな看板を背負っているグループの子会社だ。しっかり業務をこなせる人たちが採用されている。

それでもＩＴスキルにはばらつきがあり、私より高度なことを経験している人、逆にＩＴスキルには縁遠い仕事を経て入社している人がいた。障がいの程度にしても、個人差が大きい。私よりももっと身体の動かない人が、当たり前のように仕事をしている。どれほどの艱難辛苦を経験しているのだろうと思うと、軽々しく想像することすら憚られる気がした。だからといって「自分も頑張ろう」などと短絡的な発想をすることはない。私自身、そんな風に捉えられることを、快く思わないからだ。別に誰かの励みになるため、生きている訳ではない。自分の場合に限って言えば、楽に死ねないから生きているだけだし、現実から逃げたくても適当な手段が見つからず、仕事に没頭していたいだけだ。

同期の中には、患者数は少ないというのに同じ病気の人がいた。そんなに規模の大きい会社ではないのに、世間は狭いというべきか。身体のことや生活全般の話題は、私自身抵抗感が強い。勝手にどこか、気まずさのような感覚がついて回る。様々なバックグラウンドを持つ人たちの中には当然妻子持ちの人もいて、何かにつけて家庭の話が出てくることも苦痛になった。他愛のない会話でも自慢されているように聞こえて、嫉妬が芽生えてくる。一々そんなことに反応するのは愚かしいと思いつつも、脳内では感情を抑えられない。決して態度に出ないように、気持ちを押し殺していく。そんな、面倒な自分自身に対しても苛立ちが募る。

それに腹を割って話した途端、私の醜さを露見しやしないかと恐れてもいた。表向きは農協の基準を満たして店頭に並ぶようなミカンのように見せ掛けて、一皮剥けば救いようもなく腐り切っているのだ。周囲の人間と気兼ねなく話せていれば、こんな本を書いていなかったことだろう。

会社から、業務に使うパソコンや備品が貸与された。外部ディスプレイとモニターアームは、背中を少し起こすことしかできない姿勢では調整が難しい。試しに固定してみても画面に対して正面から見えず、首や目の負担が大きそうだ。奮発して、市販のディスプレイスタンドを自費で購入した。値が張った分、今でも重宝している。就労支援をサポートしてくれた担当の人が、設置を手伝ってくれた。ついでに、ノートＰＣの固定方法も新しくしてもらって、長時間のキーボード操作にも負担なく過ごせるようになる。

バージョン管理システムは、Subversionを使っているという。あれだけ気合を入れてGitの予習をしたのに、肩透かしを食らった。テキストエディタは、特に決まりはなく確認さえ取れれば自由に使わせてもらえるようだ。「サクラエディタ」、「Brackets」、「Atom」辺りがよく使われている時期だった。

そんな状況で敢えてEmacsを使い、拡張機能も利用申請した上で環境を整えようと躍起になった。Meadowはとっくの昔に、更新が止まっていた。時の移り変わりは残酷だ。自宅と同じ環境をそっくり持ち込もうとして、呆れるほど多数の拡張機能を申請してしまう。対応された人には迷惑を掛けたに違いない。私の身勝手に、手を煩わせてしまった。

初めて配属されたチームでは、もっぱらExcelでの作業が大半でテキストエディタを使う場面は限られていた。その内に「VSCode」が飛び抜けてシェアを拡大していき、時代の流れに屈して乗り換えを余儀なくされる。頑なにEmacsを使い続けたところで、周囲にユーザーがまったくいない中で維持管理に手間を掛けるようでは本末転倒だ。Microsoftの軍門に降るようで癪だったが、仕事上のことでは実利を取るしかないのは明白だった。

会社の人とオンラインで飲み会をする。歓迎会や忘年会、それ以外に同期の人とは毎月集まるようになった。寝たきりになってからは、一切アルコールを摂っていない。何も飲まずに参加するのは格好がつかないと思い、ワンカップを飲むようになった。炭酸の入った酒は寝た姿勢で飲むにはそぐわないし、ヘルパーにいちいち注いでもらうのも面倒だ。消去法で残った結果だっただけで、好き好んで選んだ訳ではない。飲み屋に行く経験も乏しく、リアルでの飲み会なんて、脳が破壊されたあの時くらいのものだ。酒の種類もよく分からない。ワンカップを飲んでいると知った人は一様に、物珍しいかのような反応をする。そんなに目立つ選択という自覚がなくて、周囲の調子に合わせなければいけないことが煩わしかった。

適正量が分からず飲み過ぎたこともあった。これまでにも、よくある酒の失敗は何回かあったが、何年も飲酒から遠ざかっていたせいで加減が見極められない。トイレに駆け込むことはもちろん不可能で、ベッド上で盛大に吐き散らかしヘルパーの手を煩わせた。

飲んでもせいぜい一合で抑えるように自制する。アルコールが入ると軽く浮遊感に包まれ、少し饒舌になれた。アルコールに身体を慣れさせるため、週に四日くらい飲むのを習慣にした。ついでに、便通も多少良くなるようで好都合だ。

飲みの席では楽しいと思えることが少しはあったし、人となりを知ることは業務中コミュニケーションを取る時に話しやすくなる効果があった。それでも、酔った勢いで口が滑りはしないかと神経を尖らせ、他の人の話を聞けば自分がどれほど会話の引き出しに乏しく、特異な感性の持ち主なのか思い知らされる。改めて、人と接することに苦手意識を持っていて、それを直せそうにない性格なのだと痛感した。

配属当初は、明確な指示がなくて戸惑った。資料の場所を伝えられ、業務内容の理解に努める。設立からそれなりの年数が経っている会社でも、現場が新人を受け入れる体制について万全ではないらしい。行き当たりばったりな感じを受けることが、たまにあった。仕事の内容はプログラミングとは若干異なる。研修や新人教育でもあまり触れられていない、珍しい分野だ。Ｗｅｂの知識はベースとしつつ、初めての考え方やツールを使う。案件の作業中は、想像以上に集中力が必要だった。

この業務に従事すると、「使いやすさ」を作り上げるにも共通の基準やルールが取り決められ、規格化されていることが分かった。かつて大学でＷｅｂシステムを実装していた時、漠然と「どうすれば誰でも使いやすい画面になるのか？」と暗中模索していたことが思い出される。あの当時の疑問に対する、明確な解答としての概念を知ることができて、貴重な経験が得られた。自分で何かを作る時なるべく意識するようになったし、つい他所のＷｅｂサイトで配慮が足りない部分に「ここが良くない」と、すかさずソースコードまで確認してツッコミを入れたくなる。すっかり職業病のようになっていた。

案件の合間で、作業手順書のブラッシュアップや新人用の練習資材を整える。なぜ新人の自分がやっているのだろうと腑に落ちない。逆に新人だから、ベテランにはない観点で取り組めることが強みでもあったのか。

勉強会をすることになって、私が講師を務めることになってしまう。その資料の改訂作業にも加わった。パソコン越しであっても、何十人と聞いている場で一時間喋りっぱなしは緊張する。普段黙ってばかりいた反動も、一気に押し寄せてきた。勉強会の終わりの方ともなると喉が枯れ、声を出すのもやっとだ。上あごの奥の空間が狭くなって、発声する度に擦れて負担が掛かっているように感じる。これは、骨格が普通でないことと関係しているのだろうか。朝晩の歯磨きついでに、うがい薬を使うようにしてみると喉の不調は抑えられた。

その内に案件の中で、リーダーシップを求められる機会も少しずつ増える。初めて案件リーダーを任せられた時は、右も左も分からず自己肯定感の欠如も災いして、自分の中で生じる過剰な不安を打ち消すことに苦労した。日常の担当業務から少し離れて、印刷物の原本になったデータを元にＷｅｂページを作成する案件もさせてもらった。そのサイトは今もネット上で公開されている。達成感がありつつも、ニッチなサイトでどれだけの人が見ているのかと疑問も感じてしまう。

結果に結びつかない作業も、色々とあった。ツールのライセンス期限が近いと分かって、代わりのツールを内製してはどうか、とうっかり提案する。オープンソースのライブラリを流用すれば、それなりに使えるものができそうだと考えた。思いついた晩は、連鎖的にアイデアが広がり一種の興奮状態になった。提案してしまった成り行きで、作ったこともない企画書を書かされる羽目に。結局理解は得られず、企画倒れに終わった。

改めて考えれば、検証やテスト工程が途方もない作業量になることは、全然考慮に入れていなかった。本格的なシステム開発のノウハウは、この会社に確立していない。企画が通らなくて、正解だったのだとは思う。別件では次回の作業を見越して、サンプルコードを整備したが使う機会が少ないまま、お蔵入りになったりする。何度も不完全燃焼な仕事を経験して、業務中もふとした瞬間に徒労感を覚える。

少なくとも自分の経験値にはなったはずだ、と割り切るのも難しい。評価にどう反映されているかは実感がなく、辛く当たられることがあるでもなし。特に不利益になることは何もない。却ってそれが、ぬるま湯に浸かっているような緩慢で飼い殺しにされるような、居心地の悪さを感じる。入社から数年もすると、経営方針の裏側にある決して明かすことのないような意識を、深読みしてしまう。要するに、親会社グループの障がい者雇用率を稼ぎ出すことが第一で、稼働率を上げるために単純な雑用を安価に押しつけておけばいい、と上層部は考えているのではないかと思い始めた。

モチベーションが下がるばかりではいけないと考え方を極力改めて、初心に返って謙虚に前向きさを意識してみてもそのマインド転換こそが、資本家や政治家の思惑通りに動かされているようで釈然としない。SDGsだ、DEIだと囁かれても、温度差を感じずにはいられなかった。

気持ちの入っていない、上っ面だけのコミュニケーションでは得るものは薄い。論理的に導いたリアクションを取っているだけで、こんなものはその内ＡＩが完璧にこなせるようになるだろう。そんな風に卑下したくなるほど、退勤時間を過ぎると虚無感に襲われる。職を持てば私生活も何かしら好転しないか、といった淡い期待は一向に叶わなかった。

十三、親愛なるノベルゲームへ

いつまで経っても性根に変化がないのだから、私生活がニート時代と同様に虚無的な時間となるのは必然である。社歴を重ね給与が増えても、風俗で使ったら月に何回呼べるか、という下卑た計算くらいしか思い浮かばない。風俗を利用したところで、散財した後悔だけが残るのは明らかだ。依然として性欲は持て余し、その気になれば呼べるのに自分から禁欲しているような状況は、フラストレーションを過剰に積み重ねていく。貯金が増えていっても物欲は一切持ち合わせず、ただただ貯まっていくだけだ。

食事にも楽しみは見出せない。味覚は正常だし、美味しいものを食べれば美味しいという感覚は認識できる。それが、喜びに変換されることはなく神経経路が断絶してしまったかのようだ。何を食べるにしても、一人での食事はさびしさが上回ってしまう。仕事をした対価に、金額に見合う価値を感じられない。自分のために大きい「買い物」がしたい、というのも自費出版をしてみようと考えた理由の一つになっている。

終業後の暇つぶしには、またネトゲ。戦闘要素を充実させたマインクラフト風のアクションゲーム「Trove（トローヴ）」や、「宇宙忍者」がコンセプトのアクロバティックに動き回り銃や剣で戦闘するTPS「Warframe（ウォーフレーム）」で数千時間は軽く費やす。どちらも多分に漏れず、基本無料のゲームだ。貴重なアイテムを揃え強くなったところで、無為に時間を浪費している感覚が、常について回る。他人の構築した、デジタルデータ。与えられたルールと設定、世界観。虚構の中で時間を消費していく行為に熱意を傾けられなくなってきた。体力的な問題もあるし、大規模なネトゲには興味が薄れていく。

超絶美麗なグラフィックス、斬新なシステム、壮大なストーリー。世の中で持て囃されるどんな売り文句も魅力を感じない。どのゲームもプレイヤーのすることは、0と1の増減に帰結する。適切なタイミングで、マウスやキーボード、その他入力装置から電気信号を送る作業。それはビデオゲームがこの世に誕生してから、どれだけ進歩したとしても変わらぬ営みだ。何もかも取っ払った、元も子もない無味乾燥な理屈に行き着いてごまかせない。特に気落ちしているような時は、そんな達観し過ぎた思考に時折耽ってしまう。

こんな視点から考察すると「クッキークリッカー」というゲームは、実に的を射たゲームだと思う。ひたすら焼かれるクッキーの数を、最初はクリックする度に増やし、自動化する要素をアンロックする。それ以降は、自動的に増え続ける様を眺め、たまに条件を満たした強化要素を開放して指数関数的に大きな数値にするゲームだ。

一挙に流行ったことでアイドルゲームというジャンルが急速に確立された。idol：偶像、ではなく、idle：休眠・転じて「放置」の意味合い、の方だ。単に放置ゲームとも呼ぶ。それまでにも似たものはあって、注目されなかっただけかもしれない。爆発的に知名度が上がった理由は、ブラウザでできるカジュアルさと一見馬鹿馬鹿しいコンセプトが、情報社会の時流に合致して面白おかしく拡散されたから、らしい。それに、とかく娯楽に溢れた生活環境では「ながら」プレイに適したシステムも、時代にうまくマッチしていたのだろう。

たまに類似作を見つけては、プレイしている。勝手に増えていく数字の桁の多さや、増加するペースが加速していく様子に付き合っているだけで時間が溶けた。適度に干渉して、後は眺めるだけというのは盆栽に通じるものがあるように思う。流行るものは、何かしら昔から親しまれている物との共通項を含んでいるようだ。特段目新しい発見でもない、当たり前のことかもしれない。

与えられたものを受け身で消費するよりも、何かを作り出したい欲求がある。だからゲームをやってみても、漫画を見てもその一瞬は時間を消費はできてもそれほど満足感が得られない。注目されたい、構ってほしい。それなのに自信はない。顕著な矛盾。自分の振る舞いの結果に意味が欲しい。アイデアもなければセンスもない。それでも、何かを創造したい。漠然とした衝動は、それから数年後まで形にはならなかった。

渇ききった生活の中、僅かに変化が訪れた。入浴後、二人訪問しているヘルパーの内、他の利用者との兼ね合いで一人だけ先に、次の訪問先へ向かう。必然的にヘルパーと二人きりの時間が生じる。多くの場合は、会話もなく終了時間を迎えていた。

そんな中、既婚の女性ヘルパーで少し話をする機会を持つ人ができた。耳そうじをしてくれて、私が歌うカラオケにも付き合ってくれる。自分でもちょろ過ぎて気恥ずかしいが、それだけのことで次の訪問を待ち遠しく感じるようになっていく。その内、相手の愚痴に付き合う時間が多くなった。私にとってはお決まりのパターンで、あまり喜ばしい流れではない。一方的に相手の話を聞くだけで、相槌を打つばかりになる。

旦那さんのDVやハラスメントに困っているが、社会的に地位のある職業の人で、対処に苦労しているという。離婚も考えているとか、性生活を強要されたとか、どれも反応に困る深刻な内容だ。大抵女性の話というのは、聞いてほしいだけなのだろう。それにしたって、性的にさびしい独り身の男に聞かせる話としてどうなのか。性別なんか関係なしで、ただの人間としか見られていないように感じる。都合の良い話し相手を見つけたとしか思っていないのかもしれない。聞かされた方はどう思うかを、想像してもらいたいものである。

当たり障りのないリアクションしか返せず、沈黙しがちになってしまうこの感じ……そう、ヘルパーのBさんが駆け込んできたあの日の未熟さを思い出す。当時から、ほとんど進歩していない事実に無力さを覚える。何かもっと役に立ってあげられればと、本を一冊貸した。その後間を置かずすぐ退職していき、本は返ってこないままだ。情に絆されると損をする、という教訓がまた一つ増えただけだった。

タトゥーを入れているヘルパーも来るようになった。明らかに訳アリな感じではなく、ちょっとしたファッションの一環のようなもの。最初はテーピングで隠そうとする素振りだったが、剝がれかけてバレバレだ。見て見ぬ振りをしていると、半端なカモフラージュもなくなった。私の視界からは見えていないとでも思っているのか。恐らく、他の利用者に対しては隠し続けているのではないか？ 直接聞きようもなく、猜疑心が膨らむ。同じように気を遣われていないとするならば、甘く見られているようで不愉快だ。白黒はっきりさせたいと思いつつ、堪えながら介護を受けている。

私生活は元より、仕事にも行き詰まったような心境だった。大きな失敗をしたとか、業務内容が合っていないという訳でもない。案件を無事に終えることができても、褒められるべきは協力していただいた関係者であって、自分で自分のことを認められない。散々周りに迷惑を掛け、人の手を借りて生かされているのだ。このくらい役に立って当たり前だという風に、自己評価を低く見積もる癖が常態化していた。十年もの間ニートをせずに、キャリアを積んでいたらもっと貢献できたはずだとも思った。

一人暮らしもパソコンに習熟していることも、自分の中で努力して手にした意識は薄い。

実家での生活や身体の惨状から、目を背けたい一心で行動した結果が、勝手についてきただけなのだ。以前から思っている卑下した思考は変わっていない。こうした自虐を聞いたら、恵まれている方だと諭される向きもあるだろう。

実家から出たくとも出られない人、働きたくとも働けない人、パソコンの扱いが苦手な人。事情次第で私を羨ましいという人がいる。得てして隣の芝生は青く見えるものだ。そう思う人には、声を大にして言いたくなる。頻回に骨折した挙句、精神的な支えの乏しい子供時代。人間関係に失敗してばかりの二十代。あまつさえ一人で着替えはできず、便所へも行けず、ベッドから一歩も動けない生活。こんな経験を受け入れたいと思うだろうか、と。

人生におけるプラス要素とマイナス要素を合算した時、大幅にマイナスへ傾くようにしか考えられない。どうしたらマイナスへ偏っている現状を埋め合わせられるのか、答えは見つからず閉塞感が漂うのだった。

相談員とのモニタリングでも、自殺願望を心の内に閉じ込めておけなくなった。一時期「死にたい」と口にしていたが、真剣に受け取ってはいないようで、はぐらかされるだけ。身体的に、大それた行動はできやしないと思われているのだろう。腹立たしいが、実際身動きすら取れない状況では、自殺未遂さえ難しい。心境に変化はなくとも、訴えたところで時間の無駄だと諦めた。

仕事中余裕が出てくると、しばらく触っていなかったDiscordで気を紛らわせるようになる。刺激を求めてアダルト関係のサーバーの中で、話の合う女性を探し始めるようになった。面接と称して、参加希望者が問題のない人物か、事前に会話が必要となるところも存在するようだ。以前使っていた時から、こんな七面倒な慣習だっただろうかと記憶を辿っても思い出せない。ユーザーの母数が増えれば、変人も増える訳で自衛の仕組みが自然発生するのは当然の流れか。

ある面接では、変な声をしているという理由で精神科の薬を飲んでいるだろう、と決めつけるように責められた。予想だにしていない疑いを掛けられて、呆気に取られる。否定しても信用してもらえない。証明する手段なんて、持ち合わせていないのだからお手上げだ。骨格の異常と、長年発声を怠った声帯周りの衰えで、声音が特異になっているのかもしれない。そんなことがあって、参加条件に「面接あり」と書かれているだけで抵抗感を持ってしまう。面接する側だって、問題ない人間か怪しいものだ。

不愉快な目に遭いながらも、ほどなく特定のサーバーの常連になった。ボイスチャットで人数が多い時には相槌を打つだけになるし、少人数であっても話題を提供できずに気まずさを感じる。話しやすい雰囲気の女性が通話に上がっていても、誰かを押しのけてまで自分をアピールできない。自分よりも相応しい人がいれば、どうぞそちらを選んでくれと思う。饒舌に会話する人たちに混ざって、話の流れに割り込んでいけない自分は何のために存在しているのか、情けなくなりながら参加していた。

惰性で入り浸っていたある日、一対一で話をしてくれる人ができた。最初は当たり障りのない会話だけだったが、次第に大人の会話をするようになった。多少なりとも声質を変えたくて、YouTubeでボイトレ動画を参考に発声練習したり、カラオケの練習をしたり。勝手に一人で浮ついた気持ちになっていた。

それなりに親しくなれたと思っていた矢先、一方的に関係を断ち切られる。自分なりに気を配って親密になったつもりだっただけに、ショックが大きい。聞くところによると、どうやら何人も似たような目に遭っていた。承認欲求を満たすため、際どい写真を複数人に送って関係を持っていたようだ。道理で珍しく、私なんかと親しくしてくれた訳である。女性は怖いものだと改めて思い知った。

前触れもなく突然拒絶されたダメージから立ち直れず、Discordを起動するだけの気力も尽きた。私のように身体が悪い上に、内面も崩壊している歪んだ人間は、そういうちょっとおかしい人くらいしか相手にしてくれないのだろうとも考えた。リア充で会話の引き出しが豊富な男しかモテないのだ。どう頑張ったところで、私にはハードルが高過ぎる。女性の興味を引くために情報を仕入れるとか、何かを始めるとか。そんな努力は、最初から放棄してきた人生だ。盛りのつきだした若い頃ならまだしも、今更改善を図る気力は湧いてこない。

通話アプリに疲れ、久々に設定の練られた長編RPGがしたくなる。よく巡回していたフリゲ紹介サイトを見て回り、レビューを読んでいく。「フリーゲーム夢現」「ふりーむ！」「フリーソフト超激辛ゲームレビュー」「フラシュ」などで、人気のありそうな作品を探す。長文のレビューを読んだだけで、満足してしまうこともよくある。

しばらく見ない内に、作り込まれた本格的な水準のフリゲがいくつも公開されていた。「宇宙船還ルナドーン」、「狂楽天蓋」、「千年時計」、「細胞神曲」などに興味を持つ。どれも導入がうまく引き込まれる作りで、エンディングまで飽きずにプレイできた。市販のゲームやネトゲは、グラフィックが高度な分パソコンの負荷も高い。プレイ中に冷却ファンが唸りを上げるだけでハードウェアの劣化が気になる。その点、フリゲは軽量だ。消費電力は少ないし、パソコン本体の負荷も軽い。見栄えなんて、スーパーファミコン程度の表現力で充分だ。わざわざリアルなグラフィックが欲しいだけで電力を大量消費して、パソコンの寿命を縮めるのはナンセンスと感じてしまう。

近所では築数十年経過して、老朽化した住居の建て替えが進んでいた。私の棟も対象になっている。順番が来た時には、強制的に近くへ移らなければならない。その前に建て替え済みの棟へ引っ越すことにした。

会社から、無線でインターネット接続ができるモバイルWi-Fiルーターを借りて、固定回線が開通するまでの急場をしのぐ。いざ入居してみれば、なんと契約中のプロバイダーは使えないことが分かる。光回線がこの棟まで来ていないようだ。ほんの目と鼻の先の建物だというのに、ケーブルテレビの回線を使うしかなく、プロバイダーまで契約し直しになる。何が一番困るかといえば、アダルトサイトが見られない。会社の備品の回線で見る訳にもいかないし、予定が大幅に狂う。引っ越す直前、あらかじめ控え目な内容のエロ動画をいくつかローカルに保存していた。その刺激の薄い動画を、繰り返し見るしかない苦行を強いられる。ネットが開通するまでの数週間、下手に通信量は増やせないので、ほぼオフラインの生活を送った。

暇つぶしに、引っ越し前に見つけておいたフリゲで間を持たせる。「Adelaide」、「Fantasy Dream Land」、「Liberty Step」、「Cross World」たまたま英語のタイトルばかりになってしまったが、どれも日本語のゲーム。ネット上で攻略情報を漁りもせず、暇にまかせて自力で進めてやり込んだ。検索エンジンに答えを求めない時間も、たまには悪くない。情報が乏しくゲーム雑誌を楽しみにしていた時代を懐かしく思い出した。

ネットが開通した時の解放感は、格別だった。ただ、喜びは一瞬だけで後は元通りの生活に戻るだけだ。引っ越しが落ち着いてしばらくすると、階下の住人から苦情が入る。足音がうるさいという。ヘルパーに注意して介助してもらっていても、苦情が続く。前の部屋に比べてバリアフリーでもなかったり、近所と揉めたりで散々だ。隙間風がなくなったことくらいしかメリットがない。

事業所Aの人手不足を補うために、また一つ頼むところは増えていた（事業所C、としよう）。この事業所Cから来ているヘルパーは、私から見ても足音の大きい人がいて、何度言っても直してくれず、終いには家事援助の訪問中にも苦情があった。とても続けてもらえない、と交代してもらう。それからも折り合いのつかないことが目立って、事業所Cは契約を断り事業所Aから頼むようになる。

医療従事者と福祉制度、介護従事者に翻弄され続けてきて思うことは、健常者から見れば所詮は全て他人事。乏しい想像力で理解した気になって、親切や善意と称する自己満足に浸っている。私だって身体がこんな欠陥品でなければ、同じように行動していただろう。当事者ではないのだから、仕方がない。仕方がないと簡単に割り切れたら、どんなに楽なことか。私はそんなに寛容な人間ではない。しかし、できるだけ穏便に済むようには、努めているつもりだ。

制度を作る政治家や役人連中を筆頭に、医師も看護師も相談員もヘルパーに至るまで、一年くらい手足の自由を制限して寝たきり生活を送らせてやりたい。そうしたら、少しは障がい者の感じている不条理さも理解できるはずだ。なんて極論を妄想したりもする。VRやAIを駆使すれば、介護現場を丸ごと再現するシミュレーターくらい簡単にできそうなものだ。それでも感じ方には個人差があるから、負の感情そのものの信号パターンを対象者の感覚のスケールに合わせて調整した電気信号や脳内伝達物質を生成して、直接脳神経網に送り込んで知覚させる……などと考えていたらSFになってしまう。

むしろ私の今の生活は、そうやってダイブした電脳世界の体験なのではないか。死んだと思ったら、「リアル」の世界が続いていたりして……。ほぼ「マトリックス」のパクリではあるが、そんな発想で考えるのもたまには良いかもしれない。こんな風に余裕を持った柔軟な思考ができるようになったのは、あるフリゲに出会った影響が大きい。その切っ掛けは、非常に特異な状況だった。

膨大な数のエロゲと、その他一部の非エロゲを様々な属性でデータベース化したサイトがある。「ErogameScape－エロゲー批評空間－」だ。非常に多くの条件で検索可能で、その中には「無料配布」も含まれる。なんて良い響きだろう。無料、大好き。そして人気のある順に表示される検索結果。執筆のため再度確認した時点で、第三位に鎮座している「親愛なる孤独と苦悩へ」という無料のビジュアルノベルがそのフリゲである。如何わしい要素は微塵も含まない、健全なゲームだから安心してほしい。

仕事にもやりがいを感じられず、没頭できる趣味もない。どんよりとくすんだ日常に対して、心療内科やカウンセリングを受けてみたほうがいいのか？　と考えていた。たまに検索してはどれも眉唾物に思えるし、高額な費用に躊躇してはブラウザを閉じる。

そんな日々を送っていたから、なおのことやってみようと思えた。以前ならば、生まれてきた意味とか幸せとか、青臭い真剣なテーマはせせら笑って食わず嫌いで終わっていただろう。オープニングムービーを最後まで観終わる前に閉じていたかもしれない。この時の私は、藁にも縋るような心境で本編を読み始めていた。

惜しむらくは、プレイするハードルの高さ。スマホが普及した時代の中にあって、パソコンがないと動かない。しかも、サポート期限を過ぎた「Adobe Air」という実行環境が必要になる。これも、元から無料のソフトだ。開発組織が移管され、更新され続けているようだが最新バージョンで正常に動作しなかった。いずれかの、古いバージョンを見つけ出してインストールしなければならない。Windows11 でもバージョン26.0.0.127 で動作することは確認できた。何かとセキュリティについて心配しなければいけない昨今、実行にはリスクが伴ってしまう点だけは注意されたい。手軽に見るだけなら、YouTube で全編動画が公開されているので、そちらを見てみるのもいい。ただ、どうしても文字は小さくなるからスマホで快適に視聴できるかというと難しそうだ。演出やＢＧＭもあるから、動画視聴よりプレイした方が気持ちも乗るはずである。

　こんな風に話してしまうと、長々と回りくどく説明を書き連ねた後に本題の宣伝をする、情報商材の売り込みのようで酷く陳腐に見えているだろう。件のオープニングシーンからして、胡散臭い自己啓発セミナーのようだし、内容的に近いものはある。相談者が出てきて、カウンセリングを進めながら物語が展開していく。ゲームとしては一本道で、選択肢を選ぶことは、ほぼない。途中まで、物足りなさを感じるかもしれない。しかし、内容は申し分のないものになっている。

　事前知識は公式のあらすじ程度に留めて、ネタバレなしで読んでいただきたい。心に何かしらストレスを燻らせている人ほど、大きく頷けるものがあるはずだ。そして人それぞれ、自分なりの「心の有り様」に深く思考を巡らせられると思う。ゲーム内容そのものに、一点注意が必要なのは、劇薬になってしまう恐れのあることだ。

　自分の都合の良いように切り取って解釈した結果、考えが極端に偏ってしまって引き返せなくなった場合、自分も他人も苦しめる危険性があるのではないかと思っている。無信論で武装している私のような偏屈者が、お薦めするくらい魅了されてしまうのだ。流されやすい人、感化されやすい人は心してほしい。そういう意味ではアダルトゲームといえるかもしれない。「用法用量を守って正しくお使いください」といったところか。「適量」が客観的に、明確に線引きできないのが困ったところだ。最低限、自分や他者を傷つける方向性への思索は、追及しない方がいい。とだけ伝えておきたい。

このゲームをプレイした後、自分の心の内を見渡してストンと腑に落ちた発見があった。仕事で成功したり、周囲から評価されたりしても、達成感や満足感が得られずどこか虚しく感じる理由。それは、父に褒められ認められたいと強く願っていた頃の感情が、ずっと胸の奥底に残っているからだ。父は存命でも、今更過ぎる。関係を修復するとか、そこまで面倒なことは望まない。これはもう、一生このままだと自覚してからは、少しは他人からの評価を喜べるようになった……気がする。少なくとも無意味に虚無感に蝕まれる頻度は減った。私の中に残っていた無意識の渇望は、間違いなくこのゲームのカウンセリングシーンによって表層意識に引き上げることができた。

どんなに強がっても人間は、精神的な何かに寄り掛かる習性があるのだろう。家族や友人、知人との人間関係が良好ならば、これといって意識されることすらないかもしれない。しかし、周囲から孤立したり、生きていれば深刻な悩み事の一つや二つはあるものだ。心が弱くなった時、人は理由や意味を求めたくなる。

だから宗教は連綿と存在し、弱者から金を絞り取るための新興宗教が流行り廃れていく。それは、人間の心が存在する以上、生き残るのは当たり前のこと。宗教上の価値観が道徳的な行いを促して、モラルを醸成し犯罪の抑止力になる面もある。緩い宗教観の中、和や協調性で社会が成立していた日本。この国で急速に個人主義が幅を利かせるようになれば、治安に綻びが生じるのは火を見るよりも明らかだ。

刑罰だけでは、犯罪の抑止力にはまだ足りない。「善行を積んだら天国に行ける」か、「悪事を働いて死んだら地獄で永遠に苦しむ」のような飴と鞭。思考を現実以外の、知覚できない未知の物に向けて想像力に訴え掛ける。本気で信じることで、強力なブレーキとなるに違いない。何しろ、信じた物のためならば自身の死さえ厭わないほど、信仰心というものは強力だ。

ごちゃごちゃ面倒なことを考えなくても、三大欲求が適度に満たされていればそうそうおかしなことは、起こす気にならないとは思う。どんな欲求でも、飢えた時は恐ろしい。如何様な手段を使っても、埋めようと考える。判断力が失われ、軽く一線を飛び越える力の源泉になってしまう。私が今、それなりでも法に従っていられるのは、信心深くなった訳でも、欲求が満たされた訳でもない。

冷静に損得勘定ができて、「法を犯してもコスパが悪いと自覚したから」だ。代償に引き換え、得るものが極度に乏しいかまったくない。気持ち良い思いができるかもしれない、承認欲求が満たされるかもしれない、と道を外れても得るものが皆無では意味がない。善人ではないが、悪人として居直るには不器用だ。できることをできる範囲でやっていく。過度に見返りを期待しない。模範解答のような結論になるが、コスパを重視したならば、そういうことに落ち着きそうだ。

精神的に発見が得られるようになって、少しは生活しやすくなったかといえば、そうは問屋が卸さない。心を静められる方法を知った気になっても、もう一波乱待ち構えているのだった。

十四、近況

再就職するまで健康診断は、まったく他人事のように捉えていた。日常的に訪問看護と往診を受けていて、わざわざ病院に行こうとは考えない。それが、会社から受診するように義務づけられて、入社してから毎年受けている。エコーやレントゲンを見ると毎度のごとく便秘の酷さが浮き彫りにされ、視覚的にもガスの多さが気になった。心の内を整理する中で、重度の便秘も必ず原因があるはずだと、今度こそ解消してみようと考え始めた。健診で何か改善するように指摘された訳でもなく、単に自発的なものだ。

病院は当てにできない。大方、適当に下剤を出されて経過観察されるだけだろう。自然と医療機関に頼る考えは捨てていた。父と同じ轍を踏んでいることに、我ながら血は争えないものである。私の便秘は、昨日今日の症状ではない。何十年と慢性的に続いているものだ。それだから自己流でなんとか改善を試みようとしているのであって、急性の症状で異常を感じたのであれば、流石に受診を考える。

これまでも一般的に腸に良いとされている食品は、いずれにしろ効果を実感できなかった。乳製品に乳酸菌、食物繊維を摂っても全部ダメ。常識や通説を疑って掛かる必要があるようだ。あれこれと試してみて、状況や症状が当てはまる情報から行き着いた食事が「低FODMAP食」だった。ざっくり説明すると、「小腸では吸収されにくい発酵性の糖質」を避ける食事だ。特に高価な器具が必要でもなく、食べる物の内容に注意するだけの食事療法。低リスクで金銭的な負担もないので、取り入れようと思ったのだった。

続けていると、多少は腹部の張りが軽減するようだ。その分、飲酒でお腹が緩くなり過ぎて、ヘルパーの訪問時間前に便意を催す頻度が増える。誰も来ていない時間帯には、毎回必死に我慢しなければいけない。ほんの少し漏らしてしまうことも出てくる。そんな時「粗相をした」と表現された日にはカチンと頭に血が上った。自分の不注意として責められているようなニュアンスのある言い方は、ベッド上で耐えるしかない私には聞き捨てならない暴論に聞こえたのだ。健常者の無神経さに対する不快感を飲み込んで、聞き流していた。

そもそも毎日、きっちりヘルパーの訪問する夜の三十分間に、無理やり用を足す生活にこそ問題がある。まだこの時は、自覚を持てずに見て見ぬ振りをしていた。生活習慣を根底から覆すような発想は持てない。取りあえず、飲酒を止めて様子を見ることにした。

折しも仕事が思うように進まず、ストレスで精神状態が不安定になっていた時期と重なる。こんな時こそ、心理学の知識を活かすことができたはずだった。しかしゲームから得た、受け売りの付け焼き刃では乗り切る余裕さえなくなっていた。社内システムを作る案件で、前年度に別チームが担当した資材を引き継いでのコーディングと、仕様書の作成。ある程度動作するソースコードだけはあって、資料が手薄な状態から始めるという、うちの会社ではありがちな仕事だ。

およそ半年間に渡った作業は、根底からちゃぶ台をひっくり返される憂き目に遭う。根本的な上流工程の不備を指摘されるが、それは会社の仕事の進め方そのものの問題に等しかった。私個人が責任を問われる訳ではない。ないのだが、なかったことにされる時間と労力。初めから言ってもらえれば、もっと他に効果的な対応ができたのではないか。いや、それならばまずはざっくりした概要を、上層部に見せなければ始まらない。しかしそれは私の仕事だったのか。指示はなくとも自己判断して働き掛ける必要があったのだろうか。誰のせいでもないと簡単には割り切れず、けれど誰かの責任に仕立て上げるつもりはなかった。それでも堂々巡りの余計な自問自答を続けては、煩悶していた。

ストレスフルな案件が仕切り直しで終わった頃、禁酒は一か月ぐらい継続していた。自覚はなかったが、アルコールも多少は気分転換に貢献していたのかもしれない。その日は、いつも通りヘルパーが来てトイレ介助をしてもらい、帰ってもらった。仕事のことを思い出すと気が重いだけなのに、何度も気の滅入る思考を繰り返す。脳内の霧がいつまでも晴れず纏わりつくような気怠さ。こういう時こそ、切り替えが大事だと知識としてはインプットしていたはずでも、いざという時に実践できるほどには身に着いていない。適当にネットで時間を潰していざ寝ようとした時、異変に気づく。

右手でベッドのリモコンを操作しようと、ボタンを押し込んだつもりがベッドは少しも動かない。確かに押しているはずなのに、手ごたえがまるでなかった。暖簾に腕押しを地で行くような感覚。一体どうなっているのか、一瞬理解が追いつかない。右手に力が入っていないことを、数秒の間を置いて認識し始めた。試しに右手を持ち上げようとしても、握りこぶし一つ分程度浮くだけだ。左手で引っ張り上げないといけないくらい力が入らない。びっくりしている間に、何だか呂律も回らなくなり掛けているようだ。

喋れなくなってからではまずいと焦り、携帯を手繰り寄せる。常に電源ケーブルは繋ぎっぱなしにしていて、いざという時でもケーブルを引っ張れば手元へ収まるようにしていた。もし、これで右手が完全に動かず携帯が取れなかったら、予後はどうなっていたか分からない。パソコン経由でのメールやＬＩＮＥは、気づかれず後回しになることも考えられた。

取りあえず、ヘルパーの電話を鳴らした。介護中なのか、全然出ない。仕方なく訪問看護に電話する。待機中の看護師に繋がった。事情を話すと、すぐ来てくれるそうだ。往診の医師にも来てもらって、軽く状態を診るなり救急車を手配された。痛みもなく、緊急性を要する自覚症状は乏しいため、どこか他人事のように落ち着いていた。自分の身体よりも、翌日欠勤になってしまいそうなことが酷く気になる。普段、脳内で偉そうなことをのたまっていても、いざとなればこうやって人頼みだ。情けなくてやるせない。

恥を忍び救急車に乗せられる。意識は明瞭で、救急隊員に対してはっきり受け答えできた。近場の大きい病院へ運ばれるようだ。コロナ禍が続く中、あっさり受け入れてもらえたことに拍子抜けする。またしても救急車の世話になってしまったと、申し訳なく思う。腸閉塞の騒ぎ以来だった。点滴をしながら、問答無用で入院になる。病室のベッドが用意できるまで、救急外来で待たされた。意識がはっきりしている分、身体と生活と仕事の不安がシミのようににじわじわと広がってくる。このまま治らなかったら、今までの生活は成り立たない。実家に戻されるか、障害者支援施設を探すか。とうとう年貢の納め時かと、覚悟を決めるような心境になっていた。後から聞いた話では、左脳の中で出血を起こしていた。

病室は個室があてがわれた。ナースステーションが近く、重症患者が常時モニタリングされるような部屋だ。右手はただの物体のように重く、右頬も歯医者で麻酔を掛けた時のように感覚が鈍い。治療らしいものは、点滴だけ。それから酸素吸入と、心電図などのセンサー類が身体につけられた。チューブとケーブルが煩わしいが、大仰な手術を要する事態は避けられるようで一先ず安堵した。入院直後の数日は、うとうと寝たり起きたりで過ぎていく。会社に連絡しなくては、と思っても行動に移せなかった。普段できていた寝返りも自由に打てず、昼夜問わず体位変換は人任せだ。

病院は新築の名残を感じさせる内装で、清潔感があった。若い看護師が多く、丁寧に面倒を看てくれる。しょうもない話で笑わせてくるような癖の強い人もいない。それにマスクの効果で、大抵の人はかわいく見えた。自宅の暮らしより、余程快適だ。骨折や腸閉塞で入院した時の病院は老朽化も進み、スタッフの平均年齢も高かったように記憶していたので、一段と居心地良く感じてしまう。入退院の手続きやヘルパーとの連絡を補助してくれる、ソーシャルワーカーの人も若くて美人だ。右半身がどこまで回復するのかという不安と、至れり尽くせりの環境によって、複雑な気持ちだった。

それほど間を置かず、リハビリが始まった。これが結構難儀だ。全然右腕は上がらないし、指先は開かない。元から可動域は広くなく、高が知れているものではある。それでも動かないとなれば、日常生活に大きな影響を及ぼすだろう。動いてくれなくては困るのだ。顔の筋肉を動かす練習や、足のストレッチもされる。認知機能のテストも受けた。微妙に反応が遅れたりして少し焦り、不安を覚える。正常の範囲内だったようで、胸を撫で下ろした。

脳神経科の担当医から話があった。脳の中心から外れた浅い位置の出血だったため、軽い症状で済んだそうだ。病名は、左被殻出血。血圧の薬を飲むことになった。毎週訪問看護で血圧は測っていたが、脳内出血を起こすような高血圧とは聞かされていない。予防策として、酒は飲まないようにと釘を刺される。おいおい待ってくれ、と言いたかった。もう一か月近くアルコールは体に入れていない。往診の医師から酒を飲んでいると聞かされているようで、私が何を主張しようが信じてもらえそうもなかった。

まったく本当に、医者なんていい加減なものだと真面目に反論するのも諦めた。仕事や生活上のストレスも感じてはいたが、自分なりに一番の原因は何か考える。それは、便秘で毎晩のようにいきんでいたことではないか。毎回ベッド上で、硬い便を捻り出すため全力で踏ん張っていたのだ。しかも寝た姿勢で。発症した日も思い切りいきんでいた。

入院中覚醒していられるようになると、暇で暇でしょうがない。どうせ出血するのなら、一気に意識を失ってくれれば楽に終わることができたかもしれないのに。などと悪癖の破滅的な発想に引き寄せられる。あの時連絡しなければ、死ねただろうかとも。だが、死にたくはあっても苦しみたくはない。何とも、わがままなことだ。自殺願望は捨てきれないが同時に、後遺症でこれまで以上の不便を増やすまいと、再発の予防には努めようと思っていた。

そして、どうしたって先々のことを考えたりしてしまう。後悔ばかりして生きてきた。これからも後悔していくのだろうと思う。ただ少しくらい、やりたい事を誰に遠慮することなくやりたいなと感じる。もちろん、極力他人の迷惑にならないことをだ。この時点では、具体的に何がしたいのか、決まっていなかった。探す意欲もあるとは言い難い。

ガラホにTVチューナーが入っていることを思い出し、気分転換しようと家では一切見ないテレビを点けた。この機種を買ってから一度も起動していないアプリで、初めて役に立つ。どのチャンネルも、どうでもいい話ばかり垂れ流している。携帯の小さい画面を手に持って凝視し続けていると、目も腕も疲れた。少し休んでは、また見始める。どの番組も私の目には、何かしらの宣伝に映った。購買意欲を掻き立てるために、手を替え品を替え煽っているようにしか見えない。

健康情報番組で取り上げた食品が、数日の間品薄になったりするのは典型的な例だ。個人的に元から習慣にしていて、何年もずっと摂り続けているものが標的になると非常に腹立たしい。買い物を頼んだヘルパーが買い損ねたりするためだ。どうせ短期間で飽きるくせに、ここぞとばかりに飛びつく大衆心理の愚かしさに嫌悪感を覚える。

偶然入院中に、サッカー日本代表の試合があった。普段なら関心ゼロなスポーツ番組を一試合、丸々観戦する。日本を応援するような気もなく、ただぼやっと頭を空にして勝負の行く末を見届けた。日本の勝利で幕を引き、画面の向こうではサポーターが熱狂している。どうしてそんなに盛り上がれるのか、私には到底真似のできない行動だ。赤の他人を応援する気持ちになりはせず、誰か自分を応援してくれよ、と心の中で吐き捨てるのが常だった。

プロスポーツ選手全般に、尊敬の念を抱けない。好きなことをして生活できるのだから、こんなに羨ましいことはない。しかしながら、当然苦労することも数多くあるのだろうと想像はできる。苦難を乗り越えられた選手もまた、それだけの資質や環境に恵まれていたのだろうと考えてしまい、私のような失敗続きの人間からすれば、ただただ妬ましくなるだけだ。こんなことをリアルで誰かにうっかり漏らせば、たちまち残念で冷たい人間だとレッテルを貼られてしまう。多様性だ何だと叫ばれつつ、商業主義に反するような行動は、教育システムと情報操作によって外堀を埋められて、巧妙に排除されるよう仕向けられている気がしてならない。

あるいは本当に羨ましいことは、若い内から自分の役割が確立しているように見えることのようにも思う。私のような凡庸な人間は、死ぬ間際になってやっと存在意義を見出すくらいで丁度良い。そんな風に緩く考えれば、多少は生きやすくなるだろうか。

十日くらいの入院で、退院が決まった。ソーシャルワーカーに、つい連絡先を聞いた。病院の規則で個人的には教えられない、とやんわり断られる。そりゃそうですよね。私がイケメンで会話上手だったなら結果は違っていただろうかと、未練がましく考える。右手は発症直後の動かない状態に比べれば、いくらかマシになっていた。回復にはまだ時間が掛かりそうだ。右の頬も締める力が弱くて、食事をすると右側の奥に残渣が非常に多く残り歯茎に纏わりつく。それでも嚥下機能については、あまり影響を受けずに済んだ。

退院してから、仕事に復帰するまで時間を要した。気分的にはすぐにでも戻りたいが、体力は落ちているし、ヘルパーの訪問時間を増やしてもらうように調整が必要だった。便意があった時に間を置かず排泄してしまっても、なるべく支障の出ない生活にするためだ。不本意だが、尿とりパッドを常に着ける。朝から夕方まで誰も来ないのでは間隔が長過ぎるため、午前に一回、午後に一回三十分ずつ訪問機会を増やしてもらった。これで最長でも数時間待てば交換してもらえる。杓子定規に決まった時間で無理やり排便するような、不自然な生活習慣は身体への負担が大きいと、遅ればせながら自覚したのである。食生活を見直すだけで解決しようとするのは、限界があったのだ。

ついでに、寝返りも多めにして運動不足を多少なりとも解消しようと努める。腹の動きが悪いからと直接さすられても、どうにも効果が実感できない。じゃあ、ということで足の裏を刺激してもらっている。意味があるのかいまいち、判然としない。それでも、普段まったく体重を掛けていない足裏のツボを押すのも悪くはないだろう。段々父に思考が似通ってしまうようで複雑な気分だ。しかし、脳出血の予防が何よりもまず重要である。なりふり構っている場合ではない。

新しい生活リズムに慣れながら、右手はゴムボールを握ったり指を力の限り伸ばすようにしたりと動かして、回復を図った。元々何の前触れもなく突然発症したから、不安が常に脳裏を掠める。排便もいきむのに恐怖を感じ、満足に力を入れられない。残便感が輪を掛けて続き、軽減するまで腹部の不快感が消えなかった。

　尿とりパッドを敷いた分の凹凸が尻の表面に食い込み、褥瘡が再発しそうな予感。早めの対策を取ろうと考える。ニート時代の傷は、悪化することなく完治していた。使用中だったベッドパットの下の、硬いマットレスも福祉用具の体圧分散に優れたものと交換して、なるべく皮膚への負担を軽くした。交換前より格段に柔らかくなったせいで、身体が沈んだら沈んだ分だけ姿勢が悪くなるような不安を覚える。余計に体幹の変形を助長するのではないかと、側弯が悪化しないか気掛かりは残った。

　数週間経った後、ようやく職場に復帰する。勤務時間は希望した形で認められ、最初は短時間勤務だ。労働環境は柔軟性が高く、非常にありがたい。

　復帰早々、ＰＨＰのバグ修正を受け持つ。脳内は一挙に仕事モードへ移行せざるを得ない。他人の書いたソースコードから原因を探った上での修正作業は、普段の業務より集中力が必要なくらいだ。手が空いているのは私だけで、他の人には頼めそうになかった。自分で解決するしかない状況だ。図らずも荒療治となったが、無事対応できて復帰に弾みがつく。

　身体は少しずつ回復していき、ありがたいことに今ではほとんど後遺症もない。右手も力が入るようになったし、食事中の残渣も残りにくくなった。発症前の感覚と比較して、九割八分程度は元に戻ったように思う。ここまで回復するとは正直驚きだ。それでもまた突然再発してはいないかと時折心配で、力が入るか右手を上げて確認する癖がついた。酸化マグネシウムを多めに服用して、食材に関しては低FODMAP食に低残渣食も考慮して選択している。スロージューサーで果物を絞って飲むようにもなった。腹部の張りは足踏み状態といった感じで、以前と比べればいきむことは少なくなってきた。ただし、今後も試行錯誤を続けていく必要はありそうだ。

調子を取り戻しつつあって体力がつくと、もう一回Discordを使ってみようという気が起きる。脳出血の後遺症か加齢のせいなのか、エロいことはほどほどでいいかと性欲が減退していた。まったく消え失せた訳ではなく、程良い塩梅で残っているという具合だ。寝落ち通話の相手を求める人が多いサーバーの常連になった。通話を繋ぎっぱなしで寝ることを、寝落ち通話と表現する。

例によって、感じの良い人は他の男とくっついていて、情けないことに私は余り物だ。音声通話に疲れて、テキストチャットがメインのサーバーにも参加した。そこで一人、信じられないほど病んでいる子がいて、放っておけず相談に乗る。下心が全然ないかといったら、少しはあった。しかし猥雑な考えは二の次になるくらい、虐待とかいじめとか深刻な話が次から次へと飛び出す。聞いているだけでしんどかった。とにかく、否定的な言動は絶対にしない。

私のような素人が首を突っ込んでいいのかと思いながら、何度も専門機関に駆け込むように促しては拒まれた。それに、その不信に染まった気持ちも痛いほどよく分かる。境遇は違えど、心の内にあるものは自分自身を見ているような気分だ。

一回も音声通話をしたことがなく、女性だという確信はない。話の内容も、本当のことか疑わしさは捨て切れなかった。最終的に相手の方から離れていき、励まし切れなかった無力感とやっと終わったという肩の荷を下ろした感覚が入り混じった。

他にもいくつかのサーバーを転々としてみても、定住できない。まったくもって、どこかのコミュニティに属するということ自体が向いていないようだと改めて感じる。それからはまたDiscordから距離を置くようになった。

ＡＩのべりすとを使うようになってから、珍しくかつてない充実感を得られた。ＡＩに相談している気分で利用している。「この続きをどう書こうか」と行き詰まった時、取りあえずＡＩに文章を投げ込めば、何かしら刺激を与えてくれるのだ。予想外の文章が返ってきたとしても、そこから語彙が広がって続きを書く切っ掛けになってくれることが多々ある。

特に一作目は、思い入れが強い。脳内の冷静な自分は、客観的にキモいなと思いつつも、自分（とＡＩ）が書いた小説で泣きまくってしまった。処女作にして、至高のヒロインを作り出したと感じている。彼女らを越えるキャラクターは、そう簡単に創れる気がしない。そもそも恋愛要素のあるストーリーは、読むのも避けていたぐらい苦手だった、はずなのに。筆の赴くままにあれだけ書けてしまったのは、どこか頭のネジがぶっ飛んでいたのではないかとすら思えてくる。

年末年始は、四作品目となるこの話の「二十代」について、ひたすら書いていた。次第に分量が増えて、最終的に三章分まで膨らんだ。書いている最中は、過去の言語化に四苦八苦して頭を悩ませる内に時間が過ぎていった。お陰で、例年にないほどあっという間に休日が終わり、無為な時間を回避できたのである。

それから半年以上過ぎた。この原稿との付き合いも、いよいよ終わりが見えてきた。これを書き終えた後、創作意欲は続くだろうかと不安を感じる。今までは、自分で書くべきテーマを定められた。自然とその衝動に身を任せるだけで、明確な目的を持って書き進められていた。今はもう、何も思いつかない。再び無趣味な生活に逆戻りしそうなのである。それでももし、また書けそうな話の種を見つけられたら、筆を執るかもしれない。その時は、Web上で公開しようと思う。

入社してから今まで、面倒事を押しつけられることを心配するあまり、なるべく自分のスキルを過小評価して目立つまいとしてきた。それももう終わりにしようと思う。適度に自信を持ち仕事を引き受ける。私には仕事以外に何もないのだから、それを全力でやるしかないと腹を括った。プログラミングは好きだが、仕事でコーディングする案件はなかなか回ってこない。

会社の方針として、極端に難易度の高い案件は受注しないから仕方のないことだ。ＡＩの台頭もあるし、プログラミングする機会は余計に先細っていくと予想している。個人プレイで成果を上げるよりも、全体的な品質向上に貢献する方が、有意義ではないかと思うようになった。それは、担当メンバーが業務を進めやすい雰囲気を作ったり、必要な場面があればプログラミングスキルを伝えたりといった、いわゆる潤滑油としての役割だ。それで私自身、何が好転するとも知れないが、燻っているよりはいくらかマシだろう。

老後というものが私に存在するとして、このままでは単に問題を先送りしただけであることは承知の上だ。仕事から解放されたら、孤独と空虚さが待っている。そうならないために、何かしら見つかればと願って止まない。正直に白状すれば、そんなに長生きしたいとも思ってはおらず、高齢になって悩むくらいなら適当なところでポックリ逝ってしまいたいと少なからず考えてしまう。

根底から生き方を塗り替えられる人というのは、元々そういう資質が備わっているのではないだろうか。私には当てはまりそうもない。しかし「災難ばかり被って、その分良いことがないなんて」と、他人と比較して嫉妬したり、人生に見返りを期待したりする考え方は極力手放したい。ただ惨めに疲弊するだけだと、七転八倒して生きてきた末に、ようやく身に染みて理解できてきた。

これからもＳＮＳは不得手だし、雑談は盛り上げられないと感じている。心の中はどろどろしているし、善意さえ素直に受け取れない物の見方も残っていくだろう。端的に言えば、触媒であればいいと割り切っていこうと考えている。自分自身変化がなくとも、接する人に多少なりとも有益となるような刺激を与えられたら、生きている意味があったように思うのだ。ただ、今はまだ自分の中で喜びや生きがいに転換できるかは、実のところ確信を掴んでいないのである。献身や奉仕のような意識は希薄で、自己満足にしか過ぎない。

最後にこんなことを記すのは散々思うまま書いておいて、虫の良い話だとは思う。それでも正にこの本が、触媒の一端を担うことになってくれたとしたら、作者冥利に尽きるというものである。

十五、跋文

この作品で記述してきた内容は、大なり小なりほとんど誰にも伝えたことのない、私の暗部である。それをこれでもかと、描写させていただいた。私の内向的な性格のせいで、口に出せる機会が訪れても口を噤み、言葉にできず過ごしてきた。だから一層、承認欲求とストレスを持て余して、心が鉛のように重く沈みがちだった。これが全てでもなく、記述を見合わせたエピソードや、後から思い出す出来事も色々とある。

全体的には甘めに見積もって、主だったエピソードの七、八割ぐらい表現できたのではないだろうか。網羅し切れていないとしても、ここまで突っ込んで表現できて、ある程度溜飲の下がる思いだ。微妙な心の機微を伝え損なっていたとすれば、それは私の日本語能力の限界に起因している。

それにしても、寝る間際にパソコンの電源を落としてから、次々文章が心に浮かぶのは一体どういう訳だろう。エディタに向かっているとどうしても「何か、文字にしなければいけない」と追い立てられる気がして自覚はなくともプレッシャーになっているのだろうか。

部屋を暗くした後に思い浮かんだフレーズを記録するのには、ガラホのボイスレコーダーが非常に役立った。まさかこんなことで活用するとは思わなかった。最大のネックは、聞きたくない自分の声を耳にする必要があることだ。パソコンへの入力には、Googleドキュメントの音声入力を使ってみた。録音した音声を聞き取り、マイクへ向かって復唱する。喋った内容がほとんど正確にテキスト化されて、精度が予想以上に高くて技術の進歩に目を見張るばかりだ。音声認識も今や当たり前になりつつあり、こんなレベルで驚いていたら笑われそうだ。うかうかしていると、テクノロジーの洪水に取り残されてあっという間に浦島太郎になってしまうような危機感、焦燥感を覚える。

特に機械学習に関連する状況は目まぐるしく変わっている。ＡＩのべりすとに驚いていたのも束の間、画像生成ＡＩの「Stable Diffusion」そして高精度のテキスト生成ＡＩ「ChatGPT」が相次いで公開された。こうして執筆中にもGPT-4が発表され、行動様式に大きな変容をもたらす可能性を感じずにはいられない。ＡＩのべりすとが、ガラパゴス化してしまいそうでこの先生き残れるのか少し心配だ。

機械学習技術のプロダクトと、真に実用化された量子コンピューティングが融合したらどうなるか、と想像するだけで夢が広がる。まだ何年先になるかは分からないが、「攻殻機動隊」に出てくるような自律思考型のヒューマノイドロボットが、庶民の手に入りやすい価格で実用化されてほしい。ＡＩと暮らしたいなんて言えば、さびしい人のように思われるだろう。それでも私のような変わり者に寄り添ってくれる人がいるとは、到底考えられない。

　現時点でも、著作権やディープフェイク、論文や試験への流用などこれまでにない問題が表面化してきた。ＡＩに取って代わられる職種も増えていきそうだ。これからも加速する技術の進歩と、後追いで議論される社会ルールのいたちごっこが続き、テクノロジーとの折り合いが一層難しい時代になっていくのだろう。

　始まりは昨年の十一月ぐらいからだった。ＯＳ付属の簡易なメモ帳で適当に書き出したテキストが、こんな形にまとめられるとは思ってもみない。なんとなくキャッチーなタイトルを思いついたところから本腰を入れ始める。

　普段、仕事でも使用中のVSCodeを執筆にも生かすことにした。「novel-writer」という小説向けの拡張機能を入れると、品詞のハイライトやＰＤＦ出力など強力で便利な補助機能が無料で手に入った。「vscode-textlint」の校正機能も、読みやすい文章をストレスなく書き進めることに一役買ってくれた。ぼんやり骨格が見えてきた段階で出版社に相談し始め、原稿を書き進める。担当していただいた出版コーディネーターの原さんに、無償で何回も原稿に目を通してもらった。この場を借りて改めてお礼を言いたい。

　それから構想段階も混ざった内容を会社の上司に、念のため確認いただいた。そこかしこで炎上している時代だ。実名は一切書いていなくとも、万が一会社に迷惑が及ぶことは本意でない。快く目を通してくださり、承諾いただいてとても感謝している。

三分の二くらい記述して読み物の体を成してきた頃、新都社へ投稿するタイミングを見計らう。いつ公開し始めるか、なかなか踏ん切りはつかない。一つの区切りに丁度良いと考え、思い切って元日からアップロードしたのだった。

毎週更新を目指して原稿を調整する進め方は、良い意味での緊張感と、モチベーションを与えてくれた。毎日しつこいくらいアクセス数を確認しては、ちょっとでも数字が増えているとキーボードを打つ力に転化していた。新都社のコメント欄に書き込んでくれる人もいて、非常にありがたかった。

読み応えのあるエッセイは、十万文字と聞いてとても書けないと狼狽えた。最初は全九章、一つの章が五千字くらい書ければ上出来かと弱気に考えていた。それが十四章まで膨らむとは、まったく想定外のことだ。こんなに日本語と戯れたのは、生まれて始めてのことである。今まで意識してもいなかったが、日本語を構成する語尾のバリエーションの少なさに驚く。文章のリズムが単調にならないように、言い回しに変化をつける苦労が多かった。

これだけの分量を書いてみて、気づいたことがある。自然言語にも、ある種プログラミングに通じるものがあるように感じた。自分の感情や思考の流れを、どれほど忠実に他者の脳内でエミュレートできるように文章を組み立てられるかという、システマチックな側面だ。

そういう意識を持つと、いくらかパソコンを前にキーを叩く抵抗も弱まる。むしろどんどん言葉にしたいことが渋滞して、溢れてきた。ただ、出てくる言葉は痛々しいものばかり。

自ら始めた作業ではあっても、忘れたい記憶を掘り起こしてディスプレイに打ち出す日々は、相応に辛い時間だった。まるで正解の文章は純然と決まっていて、その正解に近づけるように少しずつ輪郭を見定め、細部を調整し続けるような感覚を持っていた。彫刻を削り出す作業のようなつもりで、打鍵していったのだった。

そうやって私の内面を刻みつけた内容なため、読み手にも精神的な負担を強いる話になった恐れが非常に高い。気楽に読んでいただけない書籍になってしまったと、申し訳なく思う面もある。もっと箸休めに、面白おかしい閑話が入れられたら緩和になったのだろうが、そこまでの余裕はなかった。口語と文語が入り乱れてしまっている点も、私の経験不足からくる不備としてご容赦いただきたい。

心象を陰陽で分けるとしたら、ほぼ陰気な側面ばかりを書き連ねてきた。陽の割合が増えていたら、がらっと違う雰囲気になっていたに違いない。しかし、陽気な側面にはありきたりなことばかりで、わざわざ時間を割いてまで明るみに出す必要性はないと考え、ばっさり省いて記述した。

最後の最後、読者に対して僅かばかりバランスを取らせてもらうなら、施設の行事や旅行、養護学校の文化祭や運動会など人並みに、それなりの楽しかった出来事は存在している。決して悲哀ばかりが満ちている人生ではなかった、と記しておきたい。自分の中で悲喜こもごもの思い出に、釣り合いが取れていないと感じてしまうのは性格的なものか、または過去を葬り去って自我を保とうとする防衛本能が成せる業なのだろう。

書き終えられる達成感と共に、貴方を私の個人的なストレス解消に付き合わせてしまっただけなのでは、という一抹の不安も過っている。少なからず楽しめていただけたことを願いながら、ここまで読んでいただいた貴方に最大限の感謝を伝えて、結びとしたいと思う。

■著者プロフィール

mock（もっく）

先天性の障がいを持って生まれ、現在は寝たきりの生活。
平日はリモートワークでIT関係の会社に勤務。マイナーな
Web漫画やフリーゲームを好み、たまに新作を探している。
「AIのべりすと」との出会いを機に、小説を書き始めた。
ホームページ「mockの私室」を公開中。
https://mock-room.neocities.org/

SNS全盛時代のストラグラー

2023年10月2日　第1刷発行

著　者　mock

発行者　太田宏司郎
発行所　株式会社パレード
　大阪本社　〒530-0021　大阪府大阪市北区浮田1-1-8
　　TEL 06-6485-0766　FAX 06-6485-0767
　東京支社　〒151-0051　東京都渋谷区千駄ヶ谷2-10-7
　　TEL 03-5413-3285　FAX 03-5413-3286
　https://books.parade.co.jp
発売元　株式会社星雲社（共同出版社・流通責任出版社）
　〒112-0005　東京都文京区水道1-3-30
　TEL 03-3868-3275　FAX 03-3868-6588
装　幀　藤山めぐみ（PARADE Inc.）
印刷所　創栄図書印刷株式会社

ISBN 978-4-434-32496-3　C0095